吹鼓吹詩論壇 24

宗 教 詩

吹鼓吹詩論壇二十四號・目次

【卷四】　詩家詩作

【卷六】　詩評論

【卷七】　詩活動

吹鼓吹詩論壇贊助芳名

【永久贊助戶】

靈 歌	140000 元	徐靜莊	10000 元
王羅蜜多	100000 元	蔡淇華	10000 元
曾元耀	70000 元	游鍫良	10000 元
林靜助	40000 元	陳育虹	10000 元
羅文玲	20000 元	若爾諾爾	9000 元
陳牧宏	15000 元	硯 香	5000 元
黃 里	15000 元	呂建春	5000 元
陳 敏	10000 元	魯 竹	5000 元
李仙生	10000 元	李東霖	5000 元
敻 虹	10000 元		

【贊助戶】

冰 夕 8500 元(至 2019/01)	古閔吉 3000 元(至 2017/07)
陳美玲 6000 元(至 2020/05)	許文玲 3000 元(至 2016/06)
蘇家立 5000 元(至 2018/04)	盧甹伶 2000 元(至 2016/02)
喜 菡 5000 元(至 2016/08)	蔡錦德 1000 元(至 2016/02)
張啟疆 5000 元(至 2018/11)	項美靜 1000 元(至 2016/03)
千 朔 5000 元(至 2020/12)	蘇惠珍 4000 元(至 2016/06)
鯨向海 4000 元(至 2016/12)	王郁賢 1000 元(至 2016/07)
紀小樣 3000 元(至 2016/12)	柯楚卿 2000 元(至 2017/10)
嚴忠政 3000 元(至 2016/12)	林 宣 1000 元(至 2016/10)

【說明】：本芳名錄為現有贊助者，統計至 2016 年 1 月 10 日止。

贊助金額（2013 年起），每年新台幣一千元，贈本刊一年，累積金額達 一萬元以上，為永久贊助，永久贈送本刊（國外贊助者，贈書僅寄國內代理收件人）。贊助者在填寫劃撥單時，請註明「贊助吹鼓吹」等字。劃撥帳號見版權頁。

編輯室報告

印度神話相信，梵天創造世界之後，就一直處於長眠，我們都只存在他的夢中，只要梵天醒來，世界就會毀滅。想來頗有幾分道理。若非神正處於昏昧的夢裡，又怎會靜靜看著這世界腐敗如斯，眼見罪惡而毫無作為。

或許正是在夢中吧，日子總是容易過得渾噩罪惡，人們永遠不清楚自己在做什麼。於是我們求助宗教，憑藉著聖典中的詩歌，憑藉著想像，相信神能把自己舉起來，從一個巨大的蒙昧中。

聖經約翰福音說：「太初有道」（in the beginning was the word）神話當中，語言有著不可思議的力量，為什麼到了現代，語言只被視為生活中交換訊息的工具，被功利地排斥鄙視？有沒有可能，語言當中潛藏著我們與這世界存在的奧祕，人們卻冷漠視若無睹。

於是，詩與宗教之間也就沒有我們想像的遙遠。透過詩，我們能找尋自己存在於這世界的理由，讓自己更清楚自己。本期的宗教詩專題，聆聽詩人傾訴生活如何建築在信仰上，見證詩人找尋心靈最初的起源，有詩人批判世俗化的宗教形式，也有詩人在冷峻世間中找到神的溫暖示現，篇篇都是詩人呈上心靈最美善的風貌，值得一一品味。

此外，本期之十二生肖俳句專輯，由兔牙小熊林德俊策畫集稿，詩人李桂媚繪製插畫，聯手譜出俳句與插畫的巧妙協奏。吹鼓吹論壇精選由蘇紹連老師挑選九至十二月在論壇上發表的精采詩作，篇篇都有版主的精闢點評，但因本期篇幅有限，僅能節錄版主評論刊登，由小見大，此處可見吹鼓吹詩論壇版主們對每一首發表詩作的用心閱讀對待，想要切磋詩藝、結識詩友的愛詩人，怎能放過如此優質的網路詩園地呢！？

海德格曾說：「詩乃是存在者之無蔽狀態的道說」，應付生活的日常語言不管說得再多，終將與這世界一起沉淪，沒有任何一句會被記得，但詩卻讓人警醒，察覺自己與這世界的存在，那些乘載著想像的字句啊，是否夢中之夢才足以鑿穿這個龐大無邊的昏迷呢？

【卷一】

宗教詩專輯：詩作

島 ■陳克華

以自為洲。──釋迦牟尼

那座島是什麼時候出現的？
黑色的夜裡河水湍急
萬物的眸子閃爍在叢草深處
明明滅滅卻照不亮一條
通往渡津的小徑。我來到
佛陀說過的那一座島　的對岸
懷疑，沒有人能踏入同一條河兩次
但我確實惶惑於這跋涉
太過曲折長久的跋涉
於這同一條人生的河裡　兩次，三次，無數次
──是的，同一條河不知何時
中央浮出了一座島嶼，泥沙淤積
河水緩急漲落不定
像我，我的一切執着
所幻生的島，河水漲時
他便矮些　小些　模糊些
但今晚潮水退遠了，月色暗沈至墨濃
如染，我該要趁此良辰
涉水尋到那座佛陀許諾的島
島上或許早已有人點上了炷
或許什麼都沒有
只是水中浮出的一塊粗礪之地
長夜裡只有水聲
環繞　我
將為他烙上第一雙人類的足印，或燃起了篝火

或卸下僧衣，以缽煮水
烘乾被人世打濕的肉身；
萬物眾生只能坐在河的對岸
睜睜望著我飲著止渴的河水
這永生的永恆之渴呵——
終於，我來到我的島
黑夜裡四下只有洪荒以來的水聲
我渴著的唇
在觸及水的那一刻
我彷彿聽見宇宙萬物的一聲

淒厲嚎啕 。

2014/05

心經　　■陳克華

沒想到超薦法會裡也誦心經
短短的
曾經抄讀過千萬遍
也不懂也懂不了也不再想懂的

心的經——

這才懷疑
原來心經（還有其他所有讀不懂的什麼什麼經）
極有可能是寫給菩薩或其他世界

的生靈的書──
愚痴如我
只能想著：無老死
亦無老死盡

爸爸原也是愛抄讀心經的
我總懷疑當他抄到這兩句　　時
會想到什麼：無
老死
亦無老死盡

（你老了如今你也死了
　這是有是無？是盡還是無盡？是
　淨還是垢是生還是滅這世界少了你
　是增還是減？
　佛陀呵……）

只是誦讀當下
我每每彷彿聽到另一個世界

的回聲……

2015/09/06

上山　　■陳克華

都說什麼要「上山修行」──究竟弟子
該上到什麼山
修個什麼行？

（師父終究還是下山了
　還是終日鏡花佛事水月道場
　多少渡點苦海眾生
　聊以渡日吧？）

一路上山就有桶仔雞西施檳榔休閒渡假村
汽車旅館摩鐵路野菜餐廳電纜鐵塔
斷橋土石和颱風摔落的幾塊招牌

（人天眼目，長夜明燈，赤子父母，苦海慈航
　辭親割愛，捨己為人，粗茶淡飯，破衲遮寒
　三千威儀，八萬細行，清心寡欲，弘法利生）

多麼希望我是一人
獨自上山，與佛不期而遇

他的目光直趨山下的人間生死
同時也穿過我的肉身命運

兩個相反的看見
終於合於一處──

陽光裡斜斜振翅的雨滴
無聲打在魚草默默的水面

抬頭看見
天心有個圓……

2015/09/06

死者　　■陳克華

我既完全明白，為何我還為你哭？——林徽音

死者回來說
：根本沒有輪迴這件事
每個人都帶著他自己的故事
繼續在另一個空間遊盪……

但時間
才是人世的重點。因為
我們自出生便完全遺忘了
或無知於：每個死者
曾經為自己寫下的墓誌銘……

必須等到一位不世出的伏藏師
於風終於凝為液體
的那個吉光片羽　，將死者們

附在菩薩面頰的耳語
寫成一部經

當你翻開，如是我聞——
像一個孩子第一次知道人
終究會死
的時候，所有聽過的
鬼故事會突然湧現——

像從天堂退回的
一個血跡斑斑飄著屍臭的包裹
你邊拆邊想
：我該拿這個禮物作什麼？

2015/07

我佛如來　■方群

・我・不曾存在的
・佛・存在
・如・虛擬的神祇
・來・交換生死

眾生普渡　■方群

・眾・人應該相信
・生・命的價值
・普・及於呼吸的頻率
・渡・盡化為極樂

圓夢　■李曼聿

摸摸自己的頭
捲髮的日子太邋遢
理平曾經燙好的煩惱
一絲一絲掃入畚箕

放下剃刀，走出家門
你像是颱風過後的盆栽
修剪成一種清爽的圓
踏進微風，任紅塵吹噓

海浪　■李曼聿

傳說有一小片海
是詩人流的汗
所匯聚而成

海有玫瑰的顏色
每一滴汗來自心房
最深的血庫

生命之歌　　■黃里

1.
金黃稻田邊捕鳥網上
一隻死麻雀對另一隻說：
不要再掙扎了

2.
大雄寶殿旁海鮮總匯
鐵欄內活水池的眾魚
異口同聲：真方便

3.
一位女尼行經教會前
十字路口時　屠夫
正好剁開一塊五花肉

4.
那一隻從鰓下
被縱切成兩半的紅尼羅魚
嘴巴還在說話

5.
用力蠕動吧
大地上的一個小人影
為吃一口土

6.
殯歌在遠處吟誦
關燈後見一蟬殼瞪著我
遲疑地步入門外幽暗

我的天，我的父　　■不清

我欠缺父愛所以
我寫詩
他很慈祥很偉大
可是近年
他開始不太說話了
我們開始不太了解他
他躲在房間這小小世界看

翻譯書
朗讀中華字典
我知道
他很想念童年住過的
房子外
有些樹，能結果
而有些樹不會
膠，塑膠
築建這個世紀
有些定義已經無法
循環再用
因為所有男人皆是壞人
神智清醒如一座立方體
但我們不是應該維持滾動的狀態嗎？
可是一場遠遊的球賽
因為比賽場地太小而
不能成行
請不要把森林的樹再砍下來因為
我的詩意
再不會有地方撒尿
是的，我是狗
忠心於我的父親
而時間能証明這點
正如落葉証明了季節之
有所前後
之後
一個洞在天花出現
並且成為進入夢境的窗口
是的羊群

有些兒女是羊群

然而，我是個不肖子
沒有留下來
服務你
因為你已經是很遙遠的詩篇了
開場白
永遠是從前
而從前方開始躍進就是未來
它一直往前滑動
如永遠捉不住樂園中的水上滑梯
又或者
我們擁有過於吻合的磁極
無法相吸，永遠
無法相擁
永遠錯過了對方，是的
你恨鐵不成鋼
一直坐在房間的角落
閱報，期望正面的消息如
期望神蹟的到來
門是開了
是我回來
看看你有什麼需要添置：厚衣
餅乾、孝兒、孝孫
我說，要風就得開點窗
要退休嗎
就需要把永恆這個詞語
牢牢記住
交了這個月的水電費沒有？

從前人需要下崗，現在
我們都上網了
這是另一種有關操控的動詞
如一面宗教
是的，臉書大神
求你告訴我如何被永恆地分享
如何被讚頌於一指間
感謝你
每天辛勞
感謝你
按照你的模樣
製造了我的臉
我的天
我的父
有一首詩關於你
我正在寫
寫得不好是因為
我在螢幕前
沒有生活過

禪繞畫　　■李進文

黑與白彼此經常越界，像社會
教我們成灰
灰心匆匆，行人線條草草
肉身是空，腳步纏繞
在白花花的大地
歡迎大家一起著色填充
以水性的心
以油性的想法，錯了擦不掉

出色地挾持道路，強迫紅黃綠
燈，這樣就平靜了嗎？
當紫色昏倒，天將暗
時間之花在角落兀自綻放
以色色的心對待它
教它成空。何苦填滿那個空。

想起很久以前課本上的塗鴉
為我們的名人畫眼鏡、兩撇
鬍子、點痣、戴帽、著衣衫
為男性畫女性內在
為女性畫男性內在
讓一旁的文字和數字發呆
舒壓童年，療癒教育

著色著色，直到累了的手指
像葉子自然脫落

身體終於填滿了色
靈魂可以離開了嗎

花園，童話，寓言和人生
填滿色
黑白不分，高興了吧
平靜了吧
平靜碰你，又泛起纏繞的漣漪

我已經過時了　　■李進文

我已經過時了，常常星期五等於星期四、或三。
秋涼一路追殺，葉葉皮肉痛。
我已經過時了，更新就陰鬱多雨；開機和罵人一樣會喘。
靈魂很慢，像跑最後一名的蝸牛。
時光老是離題到天國。主啊，我近了。
我已經過時了。幸好，
節儉成性、省得原諒。

說話給病人聽　　■孫維民

清掃的婦人每天早晨固定出現。她先掃地，然後拖地，接著清理浴室。這一層樓的病房都由她負責，打掃一輪就需要整個上午。

有時會有額外的工作。今天，她黃昏也來，帶了一大疊乾淨的布簾。她先架好鋁梯，猴子般爬上去坐好，再一個個解開舊布簾的扣環，之後爬下鋁梯，從推車上拿一塊新布簾，爬上鋁梯，再一個個扣好新布簾的扣環。

她有四十歲了，但動作敏捷。她幾乎不曾休假，卻極少顯露疲態。

她坐在鋁梯頂端時，視角比我們都高。我想，她看到的病房——臥床的病患、或坐或站的家屬、進出的醫護人員、各種機器、管線、日用品——必定和我們不一樣，說不定她看見了某些我們從未察覺的事物。

她始終寡言（膠鞋會為她發聲），眼中帶著微笑。而我一直相信：她確實比我們知道的都多。

論救護車

■孫維民

它像神
很少睡覺
隨叫隨到
充滿聲音
但涵義模糊——
喜笑或哀哭
爭執或緘默
放棄或堅持
值得，不值得
這混亂的地球——
我聽不懂

它可能更神。
小小空間裡
有人觸碰
有人輸氧
有人提供嗎啡
為殘破的手
荒涼的眼
疲憊的心——
而在終點
穿白衣的人
準備就緒

悼亡

■孫維民

我們的語言
從此失傳

精緻如掌紋的句構
不再有人理解

聲音裡的晴雨
不再有人聽到

世界更強大了
說著粗鄙的話

淺薄的字詞
像癌，又增生一塊

（夜的棺木，很快地
　就要遮蔽乾涸的眼）

我們的語言
從此永恆

袗將我放手心上　　■胡玟雯

所以我有起伏的情緒
有打人的前夫
有媽媽編給我的許多手鍊，環環套住我擺攤的生活
有爸爸做的厚厚番茄三明治，
有鄧雨賢憐人的雨夜花音樂
有雨打在傘上的愉悅的
滴滴飛行聲
有一盆黃金葛伸長嫩手
靜靜，在我閱讀的房間生長

袗將我放手心上，允許
全世界流淚，
袗牽我行過低谷
袗讓我演出沉默　的卓別林

伊甸園　　■陳牧宏

走在鋼索上
想去更遙遠的地方
風追不上你
夢拋棄你
黑夜留住你
流星給你剎那
去相信這個悲慘世界
有一座森林
一片湖泊
一個村落，可以
養幾個孩子
他們安安靜靜
傷著自己
轟轟烈烈愛著彼此

佛的風景　　■岩上

把佛坐在那裡
成為單一的
姿態
更多不同的
面相，沒察覺

佛，定眼
注視迴窺
眾生
芸芸漂浮沉落

今日的信徒重踏昨日
信徒的腳步
爬涉登臨階梯
級級跪拜匍匐
佇高峰上的佛寺
麗富的建物
皇堂氣派

佛
讓人看自己
你我的眼睛都來拍攝
風景

鏽壞與燒毀

■ 蕭

蕭

繞著眼眶流轉的年歲與淚水

想起雙腳曾經踩踏的　　荊棘
　　刺入腳肉而無聲
　　滲出紅色血珠而無聲
戲稱是皇皇冠冕押上頭頂
仍然尖針的荊棘，惶惶的荊棘啊！

沿著臉面丘陵流下的四月汗水

確認了花不一定要在眼睛讚美後凋萎
茶葉卻是萎了，凋了，柔了，軟了
還要烘之焙之，使其硬脆
還要　沖上興奮到 95 度的山泉
才獲得唇舌嘖嘖以對
而茶渣
──茶海裡集體浮沉飄墜

曲折在額頭頸項流淌著的血水

出不出埃及，那是昔時
自轉公轉也迴轉不出命運的賭盤
那是今日
那是看不見的遠方、生之原罪
額頭頸項間流淌著血水
也絕不願讓自己在暗黑裡鏽壞
寧願燃燒而盡，無風而飛

妖　　■游鍫良

有宗教就有信仰
有信仰就有機會
有機會就可發財

法師很煩
宮廟無事點名找碴
急什麼，年頭都沒到
喔，是要解運摃明牌

這裡山明水秀
沒有政治笑話
光著屁股喝著咖啡

你的亂想胡思是我存在的價值
放棄心神意志讓腳漂浮
煙嵐雲霧以及餘光幻影
將自己帶到囈語邊境

風靜靜的看
原來人間的行為都有目的論

（拜請拜請，拜請急急如律令
　大尊仔是王爺公
　小尊仔是王爺子
　現金裝呼飽
　腹肚就袂枵）

拘鬼者　■莫問狂

無可避免的要在放法器的箱子裡藏把西瓜刀
倚著龍柱摸摸皺的口袋
想起青島啤酒的昂貴
我們是準時上工的官將
這年頭要在臂膀多刺幾隻翻飛的龍才能去陰壓煞
至於隨便忖度哪尊神旨的誕辰則是館長的拿手好戲
展開紙傘，晃動虎牌，舞起三叉
太子爺惹笑的在陣前趺撞
濟公舉著葫蘆就唇作勢
醉態連連撲到隔陣七仙姑懷中
脖根的汗浸濕我的虎紋坎肩
麵包車上兩箱杯水還沒運來
腳踏七星已到某府千歲廟前
圍觀者一路撚香低首合十
且熱心的燃放鞭炮
遍灑冥紙我們越過冥紙漫天紛落
宗哥在遠方猛操鯊魚劍不知是神靈附身還是剛吸過膠
蜿蜒在巷弄的蜈蚣鼓震天價響
我偷空對著一台機車的照後鏡調整獠牙
抖亂流蘇，拉緊鐵索，亮出羽扇
謝將軍在前方用吊詭的節奏開道
春神踏縱橫的交叉步捧著花籃驚走野狗
牠站得遠遠的赫赫怒吼
像上次暗訪時來取締火拚的警察
筆錄的供詞我寫著
為了防身嘛

而無可避免的要在放法器的箱子裡藏把西瓜刀，
戒棍，虎枷，鐵蛇
三太子奮力牽扯已痠疼很久的鎖骨
胸口悶悶的想必是被沉澱的尼古丁堵住
眼角的油彩有模糊的跡象
隊前招風的大旗微微傾斜
我翻腕拋叉的手法略感滯澀
且不知如何
往往卸下扮裝
卻甩也甩不掉

每次我這樣多看　　■陳威宏

祢的光總是比月亮更加了
一點什麼：比雨更鑽石赤裸
比愛更眼睛暖和，那樣埋葬我的腐朽
為時間的皮膚敷裹上新藥

企圖在黑夜的角落安居落根
企圖於你的眼瞳裡伸手：安靜
向天空取回一點什麼，或者單純地
寧靜輝煌。宣告：重返文學人間
死亡，讓祢遮掩我的影子

不眠誰開窗，冷看星星
彷彿我將明白那要求究竟是什麼

八家將寫眞　　■吳昌崙

道可道，非常道
從來，依教科書的公式
求解不出生命的定位
青春裡遍尋不著苦悶出口
曾是翻越圍牆禁錮的遊魂
迷失在歲月邊緣，喜怒
哀樂都度日如年

總想信手推翻人間道
陽奉陰違的公平正義
將世襲厄債歸零
用信仰強度弭平階級落差
教一筆勾臉淒豔曲線
打破因循成規的刻板
徹底解放賀爾蒙中
令人窒息的茫然

傳統服飾裹著外像的不拘
開臉後的禁忌契合拙舌本性
昂首，挺胸，闊步
震耳欲聾的喧囂裡
鑼鼓節奏校正偶爾錯落步伐
咬牙切齒吞下身心挫折
用力吆喝出肺腑的鬱結
眾目睽睽下，愛恨情仇
如是　迷離

雙雙對對群而不黨
同進共退榮辱一體
外手羽扇半遮臉譜的猙獰
內手法器威嚇人間妖厲
大搖大擺起百年傳承
唯，此刻渾忘
老天的　薄倖

國運籤　　■吳昌崙

之後，顛覆了千年封建
想方設法破舊立新
之後，歲次更迭當頭
不由分說遵循起典制古禮
三跪九叩祭禱抽籤擲筊
占出不可洩露的天機
府宮廟觀堂，香火各自鼎盛
到底，神通鐵口直斷
該算幾倍賠率？

上上籤風生水起，土石流
盛行瘟疫傳染通貨膨脹
聽說，尊貴的波斯貓特愛模仿
水缸裡的金魚昏倒在鋼琴上
中上籤真金經火煉千回，氣爆
沖天粉塵閃燃人肉叉燒包
蘭嶼山羊慣嚼著海風的鹹味
禪立岸邊卜算核廢料的半衰期
下下籤武則天坐天，一尾易
從乾坤游到陰陽
在大風吹卦象裡演繹
原生的空

罪與慾　　■林劻頡

他們思念彼此的長像、動作
甚至所有的行為
像一根針掉落地面
就會有一個靈魂受傷
舔拭著永遠不會結痂的傷口

他們相愛
卻在風暴裡不停勒死對方
然後重生，那是一種愛的方式
或許是
想擁有著對方的執著

眼裡底下的裙子
有玫瑰的刺
想摘下放入花瓶，收藏的手
需要付出血來澆淋

沒有對與錯
只有最原始的長嘯聲
在夜的曠野裡自由奔跑

你問啊他們是誰
他們是兩個兄弟是兩個姊妹
是一對夫妻
他們，都像彼此的自己

不要叫醒我　　■林劻頡

不要叫醒我
我坐在這裡好幾千年了
從法輪初轉到了入涅盤到了坐在這裡
我始終做著夢

不要叫醒我
你，你們
不斷在我耳邊輕頌經文
敲響催醒的木魚
想強迫我張開雙眼喊出遏止
但，我不願醒來
繼續的做夢

不要叫醒我
我做的夢有你們的夢
我從來不在夢裡說出你們的本性
在夢裡你們成了另一個我
在夢裡我成了另一個你們
夢是美好的就請不要叫醒我
驚怕我醒來後
你們，剩下只會走路的名詞

Ivory Tower　　■謝旭昇

我相信神
或相信海洋、海洋上倒映無底的黑暗
和星圖、星圖之外……
但我不相信宗教
因為我祇相信人的良善，像孩童奔跑在廣場
鬆掌而飄昇的氣球；而不相信人，只要是人
都穩穩地有一把刀
藏在手上、在霧中
在夜深深的背後
我相信痛苦
它們像魚群穿過早晨的天空
明亮、無以撼動
窒息地牽引我們打開一天的門
門把業已生鏽
昨夜的水氣殘留在鎖孔
但不相信這門必定通向何方
例如花園
例如熟成的果樹之下
例如誰人的眉角因笑而顫動
因為我相信神
我相信有一雙安排的手——
不安排任何在指縫中
也要遺失的事物
如我們對待在窗櫺邊緣的塵埃
在風懸宕的邊緣……

我體諒祂，
等同我接納我的存在
當祂同我們流淚
祂也只是被安排的那一個。

詩不過刪　　■蘇善

錯字刪別字刪美字刪醜字刪
刪他，如欺豆腐板
惡字刪毒字刪淫字刪亂字刪
刪他，如穿巨石軟
左邊刪
燒香拜拜沒靈驗
曲昌之筆不借玩
右邊刪
長篇大論塞鵝毛彈
醮墨不乾
瀝潦浮懺
刪了車刪了馬刪了卒刪了兵
刪刪刪
橫詩遍野
天下太平

Potalaka　　■崎雲

Ah[1]

Potalaka，我馱負的聖地
什麼時候能夠再看你一眼
不用回首，便能指認出自己
腦瓣如蓮開的痛楚之所在
欲念之所在、恐怖驚懼
之所在，人們所相繼朝往
滿懷歉意，離去之所在
徒留灰色的意念繚繞天氣
普陀山，什麼時候
你也能靜下心來，屏除
多餘的喧囂、疑慮
與香火，為我理出
淨土的頭緒，穿越潮音與
梵音之洞，抵達海螺的深處
靜坐在彼，聽我一次咆嘯
以十方震動，應和我
歷劫歸來的愛與憤怒，我的指爪與
焰火般森然湧動的海潮
來印可自己的所在？

---

[1] 原有十二首，因篇幅所限，故先以此前六首發表，其各自之詩題，乃是以國際梵語轉寫字母（IAST）轉寫的六道金剛咒：阿、啊、夏、沙、嘛、哈。

Ah

Potalaka，我時常想起
幾萬年前的小小龍女
天花般下墜的鼓聲
未有一絲來得及沾著我身
便已杳然不見
無一香即時可聞，Potalaka
這千年的思念與心意
竟已距我如此之遙
之遠，如我於須彌山下
凝望頂峰久久
始結一次果的七彩琉璃樹
樹上滿是累累的果實
卻沒有一顆是原因
沒有一顆緣由
來自我，沒有我的前世與後世
沒有龍女，沒有善才
沒有大鵬金翅的身影
前來助長我的威勢
Potalaka， 一切造化
非因，果，非果，所有的
皆已開始腐化
即使我們再飢、再渴
也無法再從念想中
重現龍女與故人
溫柔的身影了
唉，Potalaka。

Sha

你有答案嗎，靜此刻
Potalaka，在日與夜
與八方四季皆顛倒的此刻
在信徒的貪婪與妄想
先一步戰爭與饑荒
來到這裡的此刻
只剩下我和你
看守著火的宅第，Potalaka
故人留給世人的舟筏
已經駛不到彼岸
但需要接引的人卻有這麼多
這麼多啊，使我感到哀傷
哀傷著他們不知道
湧泉處亦常是漏水處
Potalaka，如今
只剩下我和你
一起荷擔世人的疾病了
看著人們結隊上山
尋找大藥。Potalaka
這麼多年了，空手來的
與空手走的
還是一般地多唉

Sa

留下滿地的香灰
與雜念，Potalaka，對我們而言
這難道也是一種救贖
一種恨的化顯
與天罰嗎，罰我是頑獸
而你是欽定的道場。罰我們
都曾一度退轉
淑世的信心，期望一天
能前往我們所共同
冀念的遠方，那個超越
東南西北中皆有佛土的遠方
邂逅所愛，與各自的天敵
Potalaka，你覺得那裡會有我的
家鄉嗎？我許久沒回家了
但我有家嗎？你呢？你的
故鄉是否也有璀璨的星群盤掛天際
如故人肩上的瓔珞，是否
有小小的牧童與天女將圍繞著你
跳好看的舞，使你想起我
震撼三界的嗔恨與憤怒
是否會有人前去為你繪製
一幅廣大的星圖，引你前往我
當你罣念，而我也罣念你時
Potalaka，你會懷想起

我堅實的背脊
曾是如何辛苦地荷擔著你
與你，只弱我一些些的頑執嗎？

Ma

Potalaka，我的背脊與雙腿
已佈滿黏膩的青苔
水草與蛤蜊，珊瑚色的
痠啊，而乃至是痛
曾多次是撼世的震央
最寂靜的心音，那是我
懷想起故人與龍女時
所有的幸福與
終於一掃而空的震撼
只是如今，Potalaka
你的齒石鬆動，眼木濕滑
要小心啊，小心你的聽見也是我的
聽見，你的碎裂
也將會對我唯一的信心
造成極大的崩毀。Potalaka
你還記得我們的大願嗎
那個回到平等、自由
所謂慈悲，沒有天雷環伺的地方
的大願；有童女與童子
有龍女陪我們終其一會的

寒暄，聆聽四方傳來的誦經聲
拈下含苞的金花
與法葉，遞給下一個你
或我；下一座 Potalaka
堅穩，不動、不搖
不行亦不止的苦難之舟
在蓮花洋上，在人間煉獄中
接替我們，成為彼岸
與彼岸之間的光明，光明
之中極為淡薄的陰影

Ha

又一個一千五百年過去了
即將成道的那一個我
與我的子孫
又死在九十九重的雷劫之下
碎散為肉沫，化為土
成為下一座 Potalaka 的一部分
Potalaka，我該怎麼辦呢
我的子子孫孫是如此地不容於天
他們的悟性極大
惡念極小，他們只是頑皮了些
Potalaka，你能理解
你的身體也有我遠古之祖
所留下的愛慾與眷念嗎

你身上的紫竹林、潮音洞
與法華峰上的石穴
皆曾是我祖之眼、之耳，之苦厄與
度不過的危難啊。Potalaka
每當我回首看你
便也連帶著想念我祖
一次；荷擔你一分
便也連帶著荷擔我祖
傳承之法脈一分。Potalaka
什麼時候，我能夠全然地
卸下你，與我祖對坐
聆聽其體內無盡的伏藏，無盡罪愆
與善念共生的萬法
自汝佛與我祖處所得來
自愛我與瞋我，信我
與謗我處，所得來

神的迷藏　　■黃鈺婷

在神還沒開始下的時候
裸露，或者摸著石頭過河
在時間裡用僅存的力氣
用來握緊你的手

在神還沒睜開眼睛的時候
閉眼，這樣就不用看見
誰躲在門後
用睡眠感受同一隻貓
在不同的時間走過
反覆發炎的創口，眼淚
會從每個破綻流出來
填滿十二個月份裡
神不在的時候

日子如雪般經過
所有的消失都只是
被隱瞞的部分，當手指
指過的方向都足以寒冷
我前往每個人
血肉叢生的地方
蒼蠅無所不在
神就長在那裡
等著結一顆
沒有人能摘取的果實

神是不會下下來了
天氣還是那麼乾熱
你的手慢慢垂了下去
我閉眼躲在門後
石頭越堆越高
從此不再有河流

那天的風大
掉了滿地的果

六根　　■周盈秀

我每天洗澡，還是任紅塵積滿
眼、耳、鼻、舌、身、意
佛說，放下方能解脫
每一年的梅雨
都能渲染更新的黃昏

為了凝視自己的眼睛
於是找來明鏡一面
鏡中的瞳孔，又藏著另一面鏡子
躲著一個小小的我，像溺在井底
這雙眼看過許多風景，也曾目送你的離去
或許你並未走遠
只是跟著我看過的所有，一起走入鏡裡
你背影小小的，也溺在井底

你是氣象局
說什麼我都信
不需要孫悟空，就能讓天大的謊言
鑽進我的耳道裡
我的體內因此擁有無法分解的回音
在沒有人的時候，自己響、自己聽
輕易地成為回憶的周邊商品

傷心並沒有堵住我的求生之路
一直保持順暢呼吸，值得慶幸
只是，寂寞若能有檸檬香氣就更好了

外洩的時候，可以警覺
又因為舒服
不須開窗或掩鼻

反正我對味道一直不夠敏銳
小時候常被某種藥粉欺騙
舌尖甜甜，吞下去才發現極苦
都寫在這首詩裡了
也不能說，不是在比喻你

並非責怪或怨懟
被揮了一鞭之後，皮膚冒出的成串血珠
鮮紅並且堅硬
踩過的世界或許如沙如礫，卻離海洋更近

如今，莊嚴的清晨總能幫助我解脫
你又在夢中的那種輪迴
只要無懼地自床沿坐起，就能告別昨天

是能放下的，紅塵總會發酵成菌
如同我可以用最後一行解決你。

止痛（節錄）　■宋尚緯

0.
如是我聞
那時你在遠方
我是虔誠的信徒
你在遠方
仍健康
仍快樂
仍哀傷地沉入水中嗎

0.5.
我在這裡
無有出期
你在哪裡
……
你在哪裡

1.
有人記得自己
沉在水裡
有人知道自己
睡在雨裡
將柔軟的誰
放在心上
久了變得堅強
堅強久了
就變得脆弱

有人將越來越薄的自己
躺在磨刀石上
越來越薄
光能透進他的靈魂
怕自己禁不起磨
一下就破
越來越短的自己
一天睡在水裡
一天睡在火裡

2.
我知道我逐漸老去
朝著腐朽又更近了一些
思想宛如蜜
流出一些我便吃掉一些
我是世界的孩子
我是荒蕪的野子
每天每天我都老去
每天每天
我都死去

2.5
我的荒蕪
在誰的眼裡
都不值一提
他們都各有一塊田

各有各的枯黃

3.
你年輕的王
低下高貴的頭顱
你的星系旋繞在一旁
而你只是想死
死得不能再死
死得天地崩滅
死得再也沒有
再也沒有復活的一日

4.
黑夜在我的身體裡
你在我的黑夜裡
凝視我
試圖做出真實的陳述
才知道沒有真實

5.
覺得將睡
時而將醒
在同一間屋子裡
數著類似的哀傷
那樣使我們愉悅
安靜、沉默
像一隻酣睡的獸
學習如何進入靜謐的夢

6.
我知一切物
知其所有
知其所沒有
我不知一切
不知其然其所以然
不知哀傷
不知憂患
知其所以傷
不知其因此痛
知其所以死
不知其所以愉悅
所以笑著流淚

7.
於是痛不能止
不能睡
不能醒
生死被安放在
蜂巢的節點
河邊的蘆葦低下身子
試著看清我們模糊的樣子

相依分岔的面貌　■林燗勛

並肩摩擦鞋底和關節
在疏離又擁擠的街道裡尋找自己的暗巷

（一）

世界是從複製開始
不是偽造
也並非獨創
我們的所有並置
總有什麼近了
卻沉默著

（二）

下沉的一邊
總是特別迷人
驚喜與慾望的培養皿
肉身溶解溫暖的水
願望是冷的
往稀薄的籠子前去

（四）

氣的顏色
不息不止
流動中的流動
流動中的靜滯
而末梢的最終通往火
體內自我煉化
一枚脆硬的青丹

（百）

擁著一個宮殿
好像很久沒變過
絹絲依舊古典
在舉起的槍頭前
持續抒情
把囤積的食糧都釀成
喝也喝不到的宿醉

（億萬）

你是沙
是碎裂
是我，是結晶
是星系是不可預測
是遠去的是來臨
是時間正在膨脹的印痕
我們如我們匆匆
循環著在天際間無盡

（八百萬）

也許有情就有精魂
我們困在
袛們的夾縫中
摸索深不見底的口袋
與毛線拉扯
純粹。不斷不斷
也許逼近自身的原型

（無）

臉以下都是暗巷
拉鍊內的體毛
污漬斑駁
口條練習一種癮
信仰見到更多愛的人
在完全被磨損以前

無神的午後　　■李蘋芬

> 天空之上是我的葬禮──茨維塔耶娃

一群清秀的臉向我走來
在我喊出他們的編號之前
跌成一地玻璃
與金魚

是我成為母親的時候了嗎？
他們是夏季大三角的形狀
歌劇般的午後
我在天空的坑洞裡掘出金子

瞳仁不再被當作居所
若我們明白
今天是一只玻璃杯
還有一個今天，或許是峽谷

一群清秀的臉向我走來
為了無神的儀式而來嗎？
蛋清般的天空之下
現在應該，要輪到下一個人歌唱

創世紀第三章第四節 [1]　　■廖啟余

一團失溫的火
蟒蛇冬眠消防水箱裡
這晚秋饒生機，
兩次大戰蘇維埃、阿富汗
伊甸在伊拉克出土
受騙的人類啊竟仍是退化了、
當起研究生，唉牠好倦
學院的鐘幾點？——
她們披上了白袍實驗服、
讀著陶冶身心的書。

2011/11/05

絕地天通　　■廖啟余

妳摸索著下樓
摸索著，窗雕花的木櫥
瓷器像細坯的黃土
也像蛇腹，黑暗間隔
的旅途聽這睡袍
碰著木樓梯是漣漪一圈，
一圈圈……傾聽永生
而躊躇，配家徽的蒼咒黃蛇
鹿蜀禁受這樣跛著

---

[1] 即「妳們不一定死……」

踱著艱難的山水，這分別
直到舊常始復
而靴子將有宛轉的霑露罷？
是星星。你多俊美
你恬著你的女奴。

2005/11/25

今天到公園寫生去　　■趙文豪

今天到公園寫生去。
唇語是上帝的瀑布，口袋攏著口音，還有一枚擅長森巴舞蹈
總是沒有睡醒的名片，像靈魅的舌頭，展伸大街小巷
只需要獨一無二的節慶，慶祝我們高明的發獸

一直想擁有一枚在黑夜裡踽踽獨行的名片
把舞跳得像海，把胸膛甩得像火，把自己
藏匿在一條漫無人煙的荒涼小徑，掛著租借的門牌
在時間的虎口裡求生，像鬼

而你會如何為自己的名字決定口音
在歷史的某條街段
不該擁有任何的頭銜與頭型吧？
今天到公園寫生去，
畫出明日朝聖的經典

晚禱　　■曾美玲

——觀米勒畫作「晚禱」

餵飽肚子的土地啊
請容許奉獻感恩的禱詞
感恩您重複慈母的叮嚀
教導子女，以汗水與淚水
耐心播種與耕耘
在歡呼收割之前

剛強靈魂的天父啊
請容許唱誦讚美的詩歌
讚美祢握持牧者的手杖
帶領迷途羔羊的眼睛
穿越雲霧佔領群魔統治的荒漠
在重返樂園之前

2015/11/07

萬金的聖善夜 [1]　　■李鄔伊

深入一座教堂的夜晚
郊區地圖指引方位
聖母聖殿
靜靜莊嚴祂的日夜
夜來
玻璃花窗褪去彼此精爍色澤
神父點起百年來的燈火
一座聖堂從土塊站成巍然磚牆

寶馬踽踽負來十字
十字定格在白牆之上
任雨水浸透
大風搧來
樓頹傾了仍舊以十字姿勢站起

天使與聖徒交錯聳立
聖母的玫瑰微笑開在僻野小村
垂目撒下滿街輝煌
星爍彩燈甦醒
一條湧動的光河自聖堂流出
燦燦光點漫入旁支小巷

我們是萬頭歸來的金羊
牧人揮杖描繪

---

[1]　萬金聖母聖殿位台灣屏東縣萬巒鄉萬金村，歷史可追溯至 1861 年，爲臺灣現
　　存最古老的教堂建築。每年 12 月的第二個周日會舉行聖母出巡遶境的活動。

我們卻真的自黑暗的虛空中走出
成群擁擠
抵著肩臂而來
額角輕觸聖堂
引渡一枚枚星光

並非只有寒冷使我們相聚
領取燭火後
便不怕任何夜的小路
我們熠熠發光
照亮每個子夜的去向

給香港傳教士林天正長老　　■余境熹

　　明徹的一聲雷響
　　天裂了
　　就像當日拆信
　　要您的落葉歸根這熟悉土地！
　　搬不動山？且轉念
　　走踏之處皆可見證神慈悲

　　輕舟將發，明徹的一聲雷響
　　鬆脫繫繩了──無牽掛
　　奉獻是一口井，深處許有不耐的回音
　　祝禱六月，航船載還更多活水
　　福音豈忘護育鄉家的繁花？

2015/02/06
林長老由馬鞍山遷往澳門服務

神祕巴里島吟遊　　■薛赫赫

1.將夢透明給人們

她靜靜寫開自己的命運，她扳開門口的銅環，吟遊的詩人啊，吟遊的女人啊，將夢透明給人們啊！

如今，有個老人，說自己的秘密身世。他已老去，坐在草蓆上，看著每個人的臉孔，對她說：真美。

她走進神廟，經過了凝視，夜晚的靈，白日的神，祂將夢與幻帶走，在黑暗中畫光。她走進神廟，經過祂們的橋，鮮花取來咒語的力量。她的咒語沿著皮紋走開，找尋一片草葉。花園中，每一條線，每一張輪廓，每一首詩都長養自己的身世。

2.行星是獻給天空的詩

語言從我的屋瓦走來，走來我的身體，走來一群詩的呼吸詩的腳步，走來神廟，走來宇宙的夢。

吟遊詩人是行星，行星是獻給天空的詩。星的旅途，每一條路都通往神廟，每一條路都可以呼吸詩。

她不曾如此自轉，如此容易忘記她的夢。

神的聲音，宇宙的聲音，孩童的聲音，祭司的聲音，廣場的聲音，甘巴朗的聲音，噹噹噹噹。

我心中殘餘的燭火，照著這裡，我心中柔軟的珊瑚，寄養在這裡。

3.我有一顆嘆息築造的堅果殼

我有一顆嘆息築造的堅果殼，她沒有門，要為她打開一個孔，小雀在樹枝間呼喚傷口，不能分割的麻布，將香氣烙在草蓆上、甘巴朗上，我聽見鮮艷的叫聲，隱藏著的豆給[1]，一尾圓滑的雲朵，烙在

---

[1] 豆給即守宮，俗稱壁虎，體型碩大

草葉上,烙在小綠椰的家。

小綠椰,那麼的知足,從這座山丘走到那座山丘,從遠遠的白雲走到乾渴的人群,它的汁液如此生甜,薄薄的果肉潤著田。

活開咒語的人啊,傷損的肺,她以吟唱來復原,破裂的骨,她以美的行動來復合,妳的花無處不在。

喉輪被重新打開,咒語復活啊,行走的星路與吟遊的海圖,神廟無處不在。

4.她透明開著花葡萄

我走出家門口,門柱中看著我,比一切沉靜的事物都更加聞到茉莉的氣息,歲月的象鼻神祇,她透明開著花葡萄,祂的咒語是孩子,鳥隱藏陰影的樹頭,草碟盛放鮮嫩的花朵。

冥想的指引——噔噔噔噔,聲音的鍊子種在小花圃,花朵碎成粉晶的雲朵,廚房她們的母親煎著香蕉餅,露台的小茶壺溫溫搖著我甘巴朗。

雨季在家中,風吹白光,吹婦女額頭的米鈿,小小溫潤的瑩光一顆顆;蟬是春唱,蔓延牽引的花紋,針線活冰涼額頭。

5.今天是個沉靜的盤子

緬梔花落在葉子上,陽光烙在土牆間,燃燒草葉汁的性格,女人的魔術在火的溫度中被聆聽。

我們種植形狀,也種植魔術,成長的魔術,攪拌的力量,從身體裡面螺旋自己的形狀。

今天是個沉靜的盤子,鮮花盛滿,神祇的宇宙,一片綠芽在等舞蹈的神降臨;有神正在等待,等待我們走過神廟的柱子,一個一個冥想的,進入夢中,學她自己的吟唱歌謠。

辯護律師的馬拉松聯想　　■若爾‧諾爾

她的名字叫朱迪‧克拉克
一度擅長把臨死的魚變活

河川分開，兩岸的人群對望
爭論的議題在水深之地
粼粼漾著放逐的意義
等待義勇逼近的寒流

吃透魚骨的人把舌頭伸長
彷彿連死亡的利息也要吃掉

這是合法的。不合法
的念頭，是曾斷裂又黏合的雜音
迎面吹來的疾風把她和人流
構成相反的方向

她叫大家看污水裡那群愛打架的魚
有幾分暴力，也有幾分安寧

在水底下看魚，水面上的人
混淆其中形成聲勢浩壯的魚群
在河口寬闊的一端相持
辯聲越來越大，充滿濃霧
的天空露出陰暗的傷疤

她用盡一生學會的方法

取走魚餌
赤腳走進水濁
的地方覆蓋衛悍的夢

風很大,她不放棄
把自己變成一滴固執的油
欲穩住動盪的河面
在那裡,目睹魚線勾到了魚鰓
爭議者吐出閃爍其詞的魚骨
波士頓的天空頓時泛起一片橙黃
帶點烤焦的魚腥──

大隱隱於　　■林宗翰
──寫在臺中大里菩薩寺

大隱隱於樹
葉、石頭上慵懶的青苔
總穿著深色綠衣
像在修行
(那是菩薩嗎?哪裡有菩薩?
　行深波羅蜜多時,照見五蘊皆空)
空白地灰牆
鳥鳴聲如水珠,不斷滑落
歲月如水珠,不斷滑落
吸入的、呼出的空氣,如水珠不斷滑落
匯聚成　池
渡化,而我們走進門

大隱隱於室
四壁都是裸露的弟子，跪依
皈依花，午後的陽光盤坐成一尊
佛
（色不異空、空不異色、色即是
　空、空即是色）
不如閉目
像蟬聲躡步走入正殿。
你以為的煩惱
其實只是容易碎裂的煙
我們扶著花莖端坐
無聲無息
飄到窗外

大隱隱於石
站著、蹲著、趴著
睡著了嗎？
記得，昨夜還承受著大雨雕刻
把銳利地身軀，磨圓、磨亮
一切生滅、垢淨、增減
竟都磨去了顏色！
（那時候是誰夢見，菩薩的慈悲容顏嗎？
　哪裡有菩薩的容顏？）
那是池中綻放的蓮
那是枝上新鮮的芽、皺眉的枯葉
我們卻急於撿拾
經書上錯亂的　句子

大隱隱於寺
從西方遠道而來
疲憊地白馬
步履蹣跚走了兩千多年
游過黑水溝，彷彿
祖先們流浪搭乘來的小舢舨
燭火在夕陽沈默之後
搖曳
不語
一片黑暗中，又想起了那片星空
（魂牽夢縈的星空啊……
　　再無顛倒的夢、再無恐怖、再無罣礙）
我們在城市裡判決自己，假釋出獄
你舉杯，以茶代酒
笑得
比壺裡的茶葉舒展

走出木門，又下起大雨
比昨夜更大的雨
閃電和悶雷不甘示弱
把我像石頭般雕刻
一粒一粒巨大水珠
微痛打在身上
以為苦行
就能到達銀河的彼岸？那方
我仍找不到菩薩在哪裡
不必找了
一粒一粒水珠，都是你的前世和今生
你只是那個想不起名字的　僧人

耶穌行佇大目降　　■王羅蜜多

——大目降耶穌聖名堂建堂九十週年紀念

三千外冬前，達味王迎接約櫃入城
歡呼的聲音響徹雲霄
約版、瑪納、亞郎開花的棍杖
祝福規个城市

百外冬前的春天，一陣光芒位天頂流落來
耶穌行佇光內底，行佇大目降的街路上
八保攏總踅透透，老街新街田園山坪
五彩的雲光照亮新化郡幸福的面腔

西拉雅的山林之子奔跑起來了
大目降的街道興旺起來矣，這个
南方的小部落，文風鼎盛街路整潔
士農工商安居樂業，Tavocan
是被祝福的好所在

1926 彼一年，咱的神父洪公羅肋
佇神應許的這个所在，建立聖堂佮道理廳
耶穌行過大目降的街道，將聖體聖神
留佇遮，伊愛每一个人，每一位住民
教會是伊的奧體，咱攏是伊的手足

五十三冬前，聖名幼稚園佇遮成立
佇這个神祝福的所在，天真可愛的小天使

翅股飛來飛去，明亮的目睭親像天星
聖堂的鐘聲，是悠青春、喜樂的笑聲

耶穌行佇大目降，這个聖堂已經九十冬
奉聖父聖子聖神之名，優雅的建築頂頭
古早古早的十字架猶然向上閣向上
Tsh□i 佇新化的中心地帶，耶穌的救贖
予大目降度過一寡歷史的苦難，伊
降福予每一个家庭每一个人

2016，耶穌原在行佇大目降，充滿神聖的光
伊講，九十冬來，聖名堂親像我攤開的雙手
擁抱新化地區的每一个角落，大大小小

天父的愛，降福規个城市

神的心裡話　　■謝予騰

一、安拉

鬆開你的駱駝，與我
走一段沙漠的路
將麥加放在背後，視耶路撒冷
如海市蜃樓。

戰爭已該卸下它的重負

你踏上的地方都將湧出乳水與蜜河
並蒙受一切寬恕
你的彎刀已為我榮耀
但槍與火藥卻生出血鏽。

鬆開你的駱駝吧！
為我徒步一條潔淨之路
聽先知傳我緘默如月裂的復達
使悔過之人能靠近，
讓朝聖者必歸來。

二、耶和華

若你還記得，我
曾命你去戰爭。

（那是中古世紀的事了
　或更早以前
　你奉我的命，攻擊過更多的人）

一些人因此成為了王
他們說出許多令人迷信的話，殺更多的人
打了更多的仗
彷彿餅和魚之前無有饑迫
大水襲來亦不曾恐慌。

但當初，我記得吩咐你只能
守護自己的羊。

三、濕婆

為了讓你重生
我在卡拉薩上多了舞三千五百多劫。

我曾相信
你會願意多有停留，在
恆河水邊
為靈魂與身體沐浴
學一派認真的語言，或為取悅我
跳更多虔誠柔媚的舞。

可如今你已迷信於林伽
逞慾之人，莫忘我
那把怒意與烈火
曾輕易斬下梵天那顆
自作多情的頭。

四、太上老君

駕牛出關時，你
攔住了我。

但道，本就說不清楚
不像丹爐
七七四十九煉一顆火眼金睛
更非紫微
斗數，八卦易經
德性自然之類，皆是敷衍

令人耳聾的閑話。

畢竟，知者不言
你逼我多說，說多了什麼
都不是寡民小國
也不是萬物芻狗，總之——言者不知
不如當年你瞅一眼
訕訕無事地將我放走。

十字架上的思念　■劉曉頤

把手探進我的傷痕　　　　　——Dear 這裡是光
你會認出我是誰　　　　　　每向前一步
　　　　　　　　　　　　　你曝現的暗影會更深

1.
伸出窟窿的手心
始終祂靜謐微笑
眼神溫柔如我們鮮少仰面
深刻端詳的天空
這天空，藍得是有些破碎了

朝這裡來吧，水裡十架倒影
我們不敢分神
唯恐發現即將懸空卻
寧死不願後退

2.
把手探進同一道傷痕
探索到彼此的手
握緊。那年我們經常夢見天使
醒來發現依然相愛
長途打盹的那一路車廂
體熱也曾認養出花苞
窗燈在玻璃上，按捺的食指在
流動
呵一口霧，小指打勾：
好嗎永不為殉道而殉道

好嗎只注視那窟窿
那裡只滲溫暖的血
Dear，你負傷的姿態，像蟲
你知道自己已成一臺
敗落的劇碼
天使和眾人都在觀看

水裡十架倒影或許過於甜美
聖潔的光又恐怕太白刺
而我不再為你
不再為你矇眼篝火

芒背上的古鈍十架是罪與黑
我已釘死罪中
然而枯竭
不過是我

3.
如果你看見的是我為你升起
的篝火
那麼我便為殉道而殉道了
焰苗漸微
你將失望於一切都是虛妄
分不清是奧祕抑或弔詭
並且：「以上純屬虛構」

4.
終於我們看見的
不再只是彼此升起的篝火
終究我們彼此背過身去了
忍住回望
你步履依然跌撞

或許我將不時懷疑
不時聽見，祂說
朝這裡來吧，捨己，像祂
必須在懷疑明白我們的灰燼
終於
再也無光圈可以矜誇
我衰竭，你轉身，我們終於
背負共同的
十字架

笑容在軟弱者臉上
如同夢中遇見天使
輕喚以馬內利
你轉身離去——
親愛的終於我看見虹霓

在昔日　　■唐捐

在昔日我學會詠誦聖詩的平凡的地方
　　　　　　　總有些枇杷生長
風琴像一頭虛弱的，帶著血氣與靈的
　　　　虛構的獸。在小園內一磚房
　　　　盡其在我地叫喊
我因而認識了神，和神布置在我
體內的弓弦，與乎即將送出的箭

多少年了，我愛，且傷害過許多別人
　　　　童年的枇杷依然默默膨脹
　　　由綠轉黃，且由衷地變甜。當時
　　　我所得無多，除卻性與死與神
「……在人是不能在神凡事都能。」
　　　　多少年了，當我悄然一病
　　尤記得植有十字和枇杷的小園

　　　　　　　　——是我來
　　　且即將回去的地方

【卷二】

宗教詩專輯：評論

囹圄‧領悟‧零無
——談曹開詩作

■陳鴻逸

囹圄

跨想遠古，巫祀、民間信仰裡頭透顯詩性是通過宗教（神性）的重要之「路」。如今詩性依在，追求佛性、神性的探問依然可觀，這或許也代表著「詩性」與此相似的靈思、慰藉。

拉到當代臺灣，詩人作品中不乏宗教情懷，詩寫宗教或以宗教觀入詩者不在少數，其中又以佛教為最，例如周夢蝶、蕭蕭、岩上、愚溪道一、敻虹、許悔之等。當然各家引佛入詩要點不一、各有思路，例如許悔之在〈有歌曰〉即言，述「以色見祢／音聲求祢／人行邪道／如此歡喜」，許悔之某部分的「佛」是得緣於凡世種種，是「愛的垂危」的轉嘆祈盼：

> 我的觀世音菩薩摩訶薩／我的兒子今天滿半歲／我的父親在病床上口渴／等祢楊枝灑水／我已看見了祢但祢究竟／究竟是誰？

> 我的觀世音菩薩摩訶薩／祢是學幼兒的脚／祢是鎮痛的注射嗎啡／祢是三十九度八的高熱／祢是高地上一個長長的寒顫／啊祢說愛比死死比生更接近垂危

相見於以色見佛，〈愛的垂危〉點出了祢的無所不在、無所不能，並賦予人們在世修練的情感羈絆，也點出了肉身需經歷生老病死、貪瞋痴慢疑，人生修行的功課不得停歇。若對應於蕭蕭、愚溪道一對於佛學的鑽研與「清心」，許悔之更多了人性欲望，也就是從愛之垂危見「菩薩」，不能不說另一種依恁宗教的方式。

只是相較於前述詩人，本文想以另一種囹圄下的詩作，作為修行

前導,是一位曹開的詩人,在白色恐怖年代被判爲思想犯,他不僅得修習自身功課還兼累臺灣歷史罪業。

先看〈掐節節鐵鍊爲佛珠〉:

> 我願把鐵石心腸的獄鍊
> 節節琢成一連串的佛珠
> 以正氣抽織柔軟情絲
> 把他們顆顆節節貫通
> 掛在我這個思想犯的頸脖
> 當我修身養性的時候
> 掐一節獄鍊
> 唸一聲阿彌陀佛
> 循環不絕的掐著誦唸
> 直到我發現菩薩
> 往生於我心境的淨土上

鐵鍊掛在思想犯頸脖,加諸的是時代悲劇、國家暴力和威權體制的「違(偽)法」程序。禁錮於此無念其他,只能「節節琢成一連串的佛珠/以正氣抽織柔軟情絲/把他們顆顆節節貫通」,將困境當作修練,「直到我發現菩薩/往生於我心境的淨土上」。將「囹圄」化作領悟並非自然而至,而是歷史巨輪碾過無辜百姓的跡痕,領悟的不是無常命運,而是人性原來距離慈悲如此遙巨。

領悟

在囹圄中,曹開對應的不見得是超脫塵世的開朗,反而更像是對自身處境的默認——找到安置或暫時解脫之法:

> 〈得道的方程式〉
> 這是一位老囚翁

說明在患難中修道的心路歷程
他說因「思想犯」
坐了十年的黑牢學道以來

第一年：掙脫劫數
第二年：克服變數
第三年：對應虛數
第四年：整合有理數
第五年：調諧繁分式
第六年：辯證恆等式
第七年：融和常數
第八年：變成通鬼神的異數
第九年：凝聚的定數參禪的定數
第十年：煉就大悟大徹的真數

　　未明的老囚翁可視作曹開鏡映，「學道」是「學到」，年歲增進數學知識、解析數學方程式，從「掙脫」、「克服」、「對應」終換來「大悟大徹」的真數（真理）。數學方程式是知識的顯像也是恆久的真理，更是哲學家看待世界的方式，並被詩人視作世界之圖像。再看〈天堂地獄〉：

天堂與地獄／他們的同構圖像：／〔天堂（地獄）〕／只是隔著一層薄薄的小括弧

如零地指令／被解析鑲嵌／疑惑的符號／──神秘難解的黑盒子裡

一旦陷入了函數世界的圍牆／無論屬於那種數目／注定要忍受得起／囚禁的痛楚

有道是盼望／因式分解來光顧／迎接那／一扇門的開啟

　　曹開慣常使用「因式分解」，「因式分解」代表著等號（＝）兩邊的搬動對移、解答。詩中挪說天堂／地獄，也不過是小小括弧、薄牆。函數世界即是監牢，天堂和地獄的差異不在「外」而在「內」，一旦陷入唯有盼望「一扇門的開啟」，一道自由解放的門。
　　所謂一念天堂一念地獄，此「一」代化了兩種走向，一是白色恐怖的受難者，一是加害者，對加害者而言「一」象徵著國家機器的一貫壓制，也代表了白色恐怖年代的統一思想、桎梏，此「一」代表了當時臺灣呼吸一絲自由空氣亦顯困難的處境；對於受難者而言，卻是一生（身）烙印，對自我價值的否定、對家庭家人的歉疚，以及隨時緊臨受迫的國家暴力，無不濃聚語式中。

零無

　　「數學」和「詩」是詩人理性與感性的載具，可兩者之上的神祇究竟是什麼，反覆叩問再三，例如〈十字架〉：

　　　加的符號
　　　似耶穌的十字架
　　　它常豎立在無數的數目中
　　　扮演著排列
　　　與組合的角色

　　　因此
　　　你問耶穌在那裡
　　　我說耶穌就在
　　　＋的符號裡

　　〈十字架〉和許悔之〈愛的垂危〉似有異曲同工，都在日常生活、

符號圖騰中找尋神祗，因為神祗不顯像實體卻引導著生活軌跡、萬物的推轉。只是相較於在日常生活中找尋，曹開更想探問究竟上帝何在？上帝想帶給他什麼訊息？

〈上帝的數學詩〉

我思想的上帝說：／「你要堅忍不拔／振奮起來吧！」

那些威權的劊子手／在勢利中／舐著的是「有限」

而人類／在患難中的愛／卻啜吻著「無窮」

唯愛不摧、唯愛無窮、唯愛可在患難中顯示，因著如此使詩人的思想得以壯大強盛，忍度威權底下的死亡威脅，隱然中形塑出超越「有限」的人生觀：

〈O，零的人生觀〉

O，零並不是虛無者／它是心靈的牧師／所有是非善惡／皆在零的傳教之下／得到超脫及歸隱

混沌宇宙皆從零開始／它們不是希望的破滅／而是生命的卵石／萬物不斷以愛的溫暖／使它孵化成長

失意的愚者以零為厄運／成功的智者奉零為導師／爭權奪利者在　裡打混／淡薄名利者在　外消遙／是零非零存於一念之間

此詩從零出發，從出世到入世、從虛無者到心靈的牧師、從混沌宇宙到生命誕生、從超脫到歸隱，包含著萬千可能，零非「無」而是

「空」，一個具載萬千可能、混沌宇宙由此而生的力量，收束於心不過一念，回歸真我樸實。從〈Ｏ，零的人生觀〉可以清楚地看到融攝了數學、宗教情懷於詩句當中，化出了詩人超越肉身、超越囹圄、超過困乏的特殊人生觀。

總的來說，探問宗教、詩寫宗教非曹開詩作的全部，其「數學詩」涵蓋了數學運算式、人生、命運等多種課題。是一種侷限卻也是一種姿態，以「數學詩」劃開詩路、解決多重課題的「方程式」。歷史的罪業、特殊的經歷讓他生命走向了異歧，故他探問上帝、思索求道、以牢獄化作大千，無不在肉身痛楚外找尋安置處。故上帝、神佛、仙道都成為符號，投向「精神符碼」的最終統攝，一個對價值信仰的層層逼問，對現象世界經驗體悟的詰問，為何我（曹開）會在此地？「誰」推動著這一切？有「誰」能真正地解開現世種種難解謎團？對曹開而言，現實中的他被擠壓在「例外狀態」中，一個戰爭狀態法律擠壓出去的「裸命」。故通過詩反思無法言說的那個「誰」。

詩寫宗教可視為信仰的呈現、傾慕和追尋，但「拋問」正由於「不可問」。邏輯思考中，它（神、上帝等）是個無法被驗證也無法被推翻的「存在」，而此一「存在」的現世演現則由每個人詮釋。簡單地來說，曹開的宗教詩是現實也是虛構的，他同時被推擠在現實世界「例外狀態」的法律裡，也被牽動探尋各種宗教的「思」，那些無法言說、不可盡述卻才是令他存在於此的真正源動。正如〈零看生死〉：「生前／零是空無 身後／零是整體」，那個生前與身後滯留的「空間」反而才是最不可測的世界。

宗教是否帶給曹開真正的慰藉、解答，如今已無所得，唯詩人留下的詩篇將佐證他曾經走過的足跡，一段台灣人也走過的足跡，一段現代詩壇上不能忘記的足跡。詩人早已與這個世界告別，再也換不回來的青春歲月，心理與身體的折磨與傷痕，似乎都見證台灣社會過去那段陰暗、難以撫平的苦難。如斯上帝、如斯神佛、如斯臺灣人民，盼人間煉獄不再重演。

筆記七段：
略談陳黎詩中對宗教元素的使用

■謝予騰

一、

宗教元素是陳黎詩中會使用的素材之一。

自第一本詩集《廟前》[1]便能看見，如〈Ave Maria——聞法國妓女靜坐教堂被逐〉即是；《島嶼邊緣》[2]裡〈福爾摩莎‧一六六一〉的「上帝」，以及〈齒輪經〉對「父」告解的書寫，都明顯使用了宗教元素。

在 2005~2014 時期，《妖／治》和《朝／聖》裡的作品所用到的宗教元素，比之前的詩集來得多，這是本篇筆記樣討論的主要對象。

二、

「宗教」的定義，筆者採用《教育部重編國語辭典修訂本》[3]來說明；臺灣學界以現代詩的「宗教」為主題來作文的，論文數量並不多。

洪淑苓主編的《觀照與低迴：周夢蝶手稿、創作、宗教與藝術國際學術研討會論文集》[4]中有相關討論，屈大成在《雪中取火且鑄火為

---

[1] 陳黎：《廟前》（臺北：東林文學社，1975 年 11 月）。

[2] 陳黎：《島嶼邊緣》（臺北：印刻，2003 年 11 月）。

[3] 定義為：「利用人類對於宇宙、人生的神祕所發生的驚奇和敬畏心理，構成一種勸善懲惡的教義，並用來教化世人，使人信仰的，稱為『宗教』。如佛教、基督教等。」參考網址：http://dict.revised.moe.edu.tw/cgi-bin/cbdic/gsweb.cgi?ccd=VkA7Vp&o=e0&sec=sec1&op=v&view=1-1（2015 年 12 月 23 日）

[4] 洪淑苓主編：《觀照與低迴：周夢蝶手稿、創作、宗教與藝術國際學術研討會論文集》（臺北：學生書局，2014 年 12 月）。

雪：周夢蝶新詩論評集》中的〈周夢蝶詩與佛教〉[5]也是一例，陳政彥《臺灣現代詩的現象學批評：理論與實踐》裡第八章〈孫維民詩中的惡〉[6]，也是以詩裡的宗教為主題的文章；《台灣現代詩》第五、二十一和二十六期，各有針對現代詩中「宗教」主題討論的文章，分別是旅人〈諸法空轉無情——林鷺詩的佛教思想〉[7]、林鷺〈臺灣女性詩人的宗教觀〉[8]和岩上〈論陳千武宗教詩中批判意識的意義〉[9]；此外，洪淑苓還在《藍星詩學》第十二、十三期中，刊出〈詩心‧佛心‧童心——論敻虹創作歷程及其美學風格〉上、下兩篇[10]；黃如瑩亦有碩論《臺灣現代詩與佛——以周夢蝶、敻虹、蕭蕭為線索之考察》[11]；其餘論文，包括研究陳黎的文章，或旁敲側擊、蜻蜓點水，無有比前者花更集中力氣來處理此議題。

如此看來，現代詩中的「宗教」，尚未成為學界或評論者討論、關注的重要主題，而上述文章的論點，放到陳黎的詩或人身上，也並不甚恰當——筆者認為，只要他還叫陳黎，就不會有老老實實、穩穩當當、認認真真的「宗教觀」，出現在他的詩作裡——即便內心有某部分，可能已依賴著它。

---

[5] 屈大成〈周夢蝶詩與佛教〉，收錄於《雪中取火且鑄火為雪：周夢蝶新詩論評集》（臺北：萬卷樓，2010 年 12 月），頁 251~312。

[6] 陳政彥：《臺灣現代詩的現象學批評：理論與實踐》（臺北，萬卷樓，2011 年 12 月），頁 149~168。

[7] 旅人：〈諸法空轉無情——林鷺詩的佛教思想〉，《台灣現代詩》第 5 期，2006 年 3 月，頁 30~34。

[8] 林鷺：〈臺灣女性詩人的宗教觀〉，《台灣現代詩》第 21 期，2010 年 3 月，頁 50~60。

[9] 岩上：〈論陳千武宗教詩中批判意識的意義〉，《台灣現代詩》第 26 期，2011 年 6 月，頁 67~79。

[10] 洪淑苓：〈詩心‧佛心‧童心——論敻虹創作歷程及其美學風格〉（上），《藍星詩學》第 12 期，2001 年 12 月，頁 9~27；〈詩心‧佛心‧童心——論敻虹創作歷程及其美學風格〉（下），《藍星詩學》第 13 期，2002 年 3 月，頁 194~210。

[11] 黃如瑩：《臺灣現代詩與佛——以周夢蝶、敻虹、蕭蕭為線索之考察》，臺南大學語文教育學系教學碩士論文，民國 94 年。

三、

　　陳黎大量運用天主、基督與道教的宗教元素，在《妖／治》和《朝／聖》這兩本作品集裡。

　　於其中，陳黎反叛、喜愛搞怪的個性並無退散，這些宗教元素的運用，除反應這段時間陳黎的身、心理狀態，同時也延續李進益討論過的神話書寫創作靈感[12]，甚至更用力地戲謔、調侃「聖者」、「福音」的神聖性，企圖將自己非得面對的生命問題，以這樣的手法來讓依賴宗教卻又彆扭的自己獲得內心的安撫。

　　關於陳黎的寫作靈感，可在《妖／治》前言〈與群妖諸痛共舞齊妖治〉[13]、《朝／聖》後記〈香客朝聖四面五裏〉[14]中得到印證；以下三段筆記，會舉出《我／城》、《妖／治》、《朝／聖》和《島／國》中幾首較有特色的詩作，來討論陳黎對宗教元素的使用。

四、

　　〈簡單的聖歌〉[15]、〈異教徒之歌〉[16]二詩分別收錄於《我／城》和《島／國》，此二詩內容、風格上皆有差異，於同一小段討論，主因皆以「歌」為名，在各自的詩集中亦是較明確呈現宗教元素的作品。

　　陳黎善用拼貼、戲謔等後現代的技法，在此二詩中皆可見到。以〈簡單的聖歌〉為例，3、4兩段，「天使」皆曾來訪，就教徒而言，該

---

[12] 李進益：「陳黎在原住民神話找到了創作靈感，運用其豐富的想像力，在易被視為荒誕無稽、野蠻、非理性的口傳文獻找到一種『本土』的魅力。」收錄於〈陳黎詩歌中神話傳說素材的想像與運用〉，國立臺南大學《人文與社會研究學報》第46卷第1期，2013年，頁66。
[13] 陳黎：《妖／治》，頁14~32。
[14] 陳黎：《朝／聖》，頁223~231。
[15] 陳黎：《我／城》，頁191~193；本詩亦曾發表於2010年12月26日之《聯合報》。
[16] 陳黎：《島／國》，頁115~117；本詩亦曾發表於2014年4月29日之《中國時報》。

是如何重大之事？但兩次「我們」卻都因「重要的事」而「不在」，而這兩件重要的事，卻是「吃豆花」和「肩並肩看海」；這樣安排可有兩種解釋，其一是將「天使」所代表的「宗教」崇高與唯一真理之價值給卸除，其二則是將日常生活細小的私密情感，提高到能和「天使」並論的層級；此外，陳黎喜歡黃腔，在一、二段中，「上你」、「懶／覺堂」、「背德／雖感／罪惡／但我／喜悅」是他慣用的黃段子，「性」與「宗教」的結合，一來將「善」與「惡」、「貞節」與「放蕩」兩個極端的界限抹除，造成對比的衝擊，另一方面則是詼諧的玩笑，呈現詩人調皮的安排。

相較起來，〈異教徒之歌〉的拼貼沒有那麼張揚，但批判力道卻加重了，全詩第一句「冒充黃昏的光線」就表現出「假」、「不真實」的指涉，「且不時插入外語（O，／ dear organs … ）故作權威」這樣的句子，則明顯是嘲諷語氣；筆者不認為本詩是全然以宗教的「異教徒」出發，「異教徒」亦可能是對「非己類」的隱喻，但包括最後的「體外受洗」，宗教元素被使用在這首詩中是無法否定的，而這些元素也成為本詩批判「非己類」時，最重要的保護色。

五、

〈四首根據馬太福音的受難／激情詩〉[17]是《妖／治》的第一篇，雖說題目已表明陳黎並非正經八百寫一首讚揚宗教的詩，但從書的前言以及詩後的註，可以知道這些文字皆來自〈馬太福音〉（陳黎稱為「再生詩」），而且四段組詩中，找不到對宗教戲謔的成份，反而像詩人的禱告詞，例如「有甚麼比這最小的事好呢？」、「把我的頭放在盤子裡／叫木匠擘開鎖住的憂愁」、「給世上的孩子們歡喜」，與禱告語氣非常相似；由此筆者認為，陳黎很大程度上接受了〈馬太福音〉的思想，這是自詩作中透露出的告解與情感、創作上對經文閱讀的依賴，所延

---

[17] 陳黎：《妖／治》，頁 33~38；本詩亦曾發表於 2012 年 8 月 22 日之《自由時報》。

伸出來的推論。[18]

　　另外，收錄在《朝／聖》中的〈聖約翰洗者〉[19]、〈聖方濟向鳥說教〉[20]、〈聖安東尼向魚說教〉[21]，也是以天主教與基督教元素所寫的詩作，其中〈聖安東尼向魚說教〉更有音樂的成份，筆者雖找到了歌曲，但悟性不夠無法共鳴，故仍是回到文字上來討論；在〈聖約翰洗者〉中，陳黎「沒有什麼不能入詩」[22]的態度表露無疑，字裡行間狠狠對自己當過駐校作家的學校裡的學生嘲諷了一頓，將臺上的自己比為約旦河中的聖約翰，但臺下的學生卻不是可以接受洗禮的耶穌（他們在詩中皆在昏睡的樣子）。

　　相較〈聖約翰洗者〉，〈聖方濟向鳥說教〉和〈聖安東尼向魚說教〉則顯得正經許多，分別是以方濟會的創始者對鳥傳福音，以及修士安東尼對魚蝦傳福音的故事來創作，二詩都用了大量動物元素及故事情節的對照，這就與運用神話元素[23]或中國歷史元素的手法有相近之處，雖說其中仍有遊戲的成份，如〈聖方濟向鳥說教〉的「你以荒野眾鳥為師，讓／你在二十一世紀同時成為荒野協會／賞鳥協會，和環保聯盟的名譽會長」，〈聖安東尼向魚說教〉中「它們興奮地圍繞著你／彷彿光天化日下等候夜市的／叫賣，以及隨後的抽獎」、「我不賣東西，只送你們／禮物，那每日給你們三餐宵夜」等，不過難掩陳黎對這兩個故事與人物的好評，可以說，這兩首詩明確地表明陳黎對他們（包

---

18 鯨向海在《妖／治》的序，〈廣大的秋天在他的舌下秘密唱歌〉中也提到陳黎是在病中寫此詩集，以及陳黎對藥物不信任的焦慮感等等，鯨向海寫到：「記得陳黎第一次打電話對我描述生病的歷程，那口氣叨叨絮絮，充滿了焦慮……陳黎說他是怕死的，他反覆傾訴，覺得自己走不出來了。」頁7。
19 陳黎：《朝／聖》，頁89~90。
20 同上註，頁91~95；本詩亦曾發表於2013年3月27日之《中國時報》，排版上有所變更，以詩集內之呈現為本文參考對象。
21 同上註，，頁96~99；本詩亦曾發表於2013年6月3日之《中國時報》。
22 賴芳伶：「始終對知識感到喜悅對人性充滿好奇的陳黎，似乎認為詩人必須能夠也應該自現實人生取材，沒有什麼主題是『不富詩意』的，沒有任何事物是不可以入詩的。」收錄於《新詩典範的追求－－以陳黎、路寒袖、楊牧為中心》（臺北，大安，2002年7月），頁90。
23 詳見李進益〈陳黎詩歌中神話傳說素材的想像與運用〉。

括《少年魔號》歌曲集）的喜愛與憧憬，即使不是崇拜，有一定好感卻是無法否認的。

六、

　　除基督教元素外，道教元素也出現在陳黎的詩作裡，又以《朝／聖》的〈乩童學〉[24]、〈香客〉[25]、〈聖慈天宮〉[26]這三首詩為代表。

　　〈乩童學〉中，陳黎將「乩童」元素融入《詩經》和儒家元素，將女性的調情和禮教之間做了遊戲性的對比；〈香客〉一詩，乍看題目會想到進香團，但詩中用的是女性體香的描寫，結合「教堂」、「教派的信徒」、「傳教」等基督教元素，對比「香客」，便有全然不同的詮釋，在〈善男〉[27]、〈信女〉[28]二詩中，也會看到相似的手法；〈聖慈天宮〉一詩，則是敘事性將「花蓮的媽祖廟」和自己的第一本詩集《廟前》做了結合，用「Profance」（褻瀆）的拉丁文字根，來對民間廟前習俗、進香的男男女女進行批判，陳黎自認當年在廟頂讀書的自己，倒比起這一切還要「聖」了許多。

　　陳黎對道教元素的運用比起對基督教，較無正面性評價，詩中多有戲謔、批判成份；這並不表示陳黎沒有批判基督教或其他宗教，〈無聖〉[29]中便寫到「南無觀世音菩薩，北無基督或阿拉」，其中確有戲謔的成份，只不過整體看來，對道教的元素，陳黎處理上不如〈聖方濟向鳥說教〉、〈聖安東尼向魚說教〉那樣正向且態度認真。

---

[24] 陳黎：《朝／聖》，頁 20~21。
[25] 同註 24，頁 43。
[26] 同上註，頁 103~104。
[27] 同上註，頁 37~38。
[28] 同上註，頁 39~40。
[29] 同上註，頁 87~88。

七、

字數已剩不多。

簡論之，陳黎是個有信仰的人，而且一定程度受到宗教的感化與影響；但作詩上，陳黎越用習慣的手法操作，宗教元素就越無法脫逃被拼貼、戲謔的命運，這和虔誠的教徒、信眾在看待宗教與神明，顯然是有不同之處。

但這就是陳黎，不肯當一位老老實實的歌頌者，在他的詩中，宗教元素的使用竟能如此遊戲、自由化，也開創臺灣現代詩在這類題材上更大、廣、深入的可能性。

《吹鼓吹詩論壇》徵稿方針

一、我們期待表演

這是活力四射的野台。歡迎敢秀愛秀能秀者輪流出場，彈唱自己的那卡西。濫調陳腔，再會吧！自編新曲，請上台。

二、我們期待對話

這是懸掛風燈的邊界酒店。歡迎四方俠客在自我淬練之餘，來此煮酒論劍。吹捧喧囂，再會吧！一針見血，請進來。

三、我們期待遊戲

這是自由開放的新樂園。歡迎游移的浪子以回家的心情，在遊戲中開發意義。大言皇皇，再會吧！瑣論零札，請進來。

四、我們期待創造

這是散發神奇氣味的實驗室。歡迎新銳活潑的心智投入，開發艷異的產物。定論陳說，再會吧！新種怪胎，站出來。

投稿信箱： suhwan@ms73.hinet.net
taiwanpoetry21@gmail.com

【卷三】
俳句十二生肖

俳句十二生肖

熊與貓咖啡書房◎策畫

■組稿人：林德俊　　■插畫：李桂媚

【導言】

　　邀請詩人們，以「少即是多」的現代俳句（三行自由詩）來寫生肖，十二個動物，在詩人筆下得到了無比靈動的形象。

膽小如鼠　　龔華

不敢真正的相認啊
咕溜溜的兩只黑洞裡
準備隨時逃亡的是你還是我？

最牛（組詩）蔡富澧

腳步如許沉重
總是背負前世的因果
今生來償

汗是流給人看的
淚是流給自己吞的
累是注定要還的

●

一條長長的背脊
把整個天地日月撐了起來
直到倒下

●

吃你一口草，還你一生
債，盼結個善緣來生歡喜
相見無怨

牛　向明

一生耗在沉重的腳步上
反芻上、墾拓上
一丁一點含恨在你們舌尖上

和牛有關的　洪淑苓

1.
是你洩漏祕密
從此女子們都失去自己的彩衣
為七夕的故事哭泣

2.
是你好心載著老鼠趕路
它機靈一跳
你永遠落在第二名

3.
到底是誰主控芭蕉扇
你只管使著硬脾氣
那狡猾的老孫早已越過火焰山

牛　葉子鳥

・牛

1.
老二哲學在
四個胃裡
划船

2.
牛牽尬北京嘛是牛
「哞」
口音略有不同

・鬥牛
被優雅挑釁的
殺戮，誰才是
起乩的獸啊！

・水牛
石磨是我無法跨界
去愛的
戀人

・麝香牛
圈起肉身的
牆、體外的
護犢子宮

虎

獅子座的兔子

林煥彰（屬兔 獅子座）

1.
紅眼膽小冷靜，我守住
獅子座億萬年的孤寂；
面向人生，春夏秋冬。

2.
隱形獅子，膽小；
作為兔子，草原的翠綠
是我日夜夢想的家園。

3.
天空遼闊，獅子座的
北之北方，也是遼闊；
我的兔子心中的草原，也是

2015/08/15 09:36
捷運上

白虎　小熊老師

老畫師終於領悟了雪
丟下筆起身走了
留你在天地間　獨白

兔

兔之俳句　閑芷

・月兔
每一次跳過月亮的邊緣
桂樹就長高一點，微詩的
葉子與李白與酒杯

・三窟
詩是一隻跳躍的兔子
生活、邊緣、夢，連成一線
找我嗎？虛線上等你

・兔眼
火在眸子裡寫詩
風來了，把耳朵拉長拉長
網羅所有黑夜的秘密

蛇的俳句　　吳東晟

1.
茂密野草旁
夏日，火車沒有來
蛇爬過鐵路

2.
愈濕愈舒服
愈想用赤裸的腹
滑行或盤繞

3.
讓我冬眠吧
幽暗溫暖的洞穴
讓我盤據吧

4.
為什麼怕我？
我匍匐在地，而且
身段這麼軟

5.
有時要警戒
有時要攻擊，有時
纏了就別怕

6.
喚我我就來
引蛇出洞的君子
可別笑我傻

龍　　向明

該是在風浪中搏鬥
雲端翻攪的龐然巨物
而今畏縮得連條蚯蚓都不如

蛇　顧蕙倩

和世界達成協議
以為地平線是心情
望見獵物依然挺立如山

蛇　林秀蓉

蜿蜒的人生路，以冰涼
擁抱疲憊的大地
吐露夢想的蛇信，比龍還真

馬　方群

牙齒是長
臉蛋兒是長
蹄聲與我無關

馬　向明

向前意志被一條韁繩勒住
揚蹄又不如馬達怒吼拉風
不停踏步渡此餘生

羊

羊之俳句　劉正偉

‧我們

妳說妳屬貓　，或狼
我屬羊，妳想
鯨吞？或者蠶食

‧小羊

詩，是一隻隻小羊
常在夢境裡四處亂竄
我的夜，總是忙碌異常

‧孕詩

我是一頭多產的母羊
輕易地在夜裡懷孕
在天亮時分娩

‧星星

天上閃爍的星星
都是我放牧的羊群
腦海發亮的詩句

猴

美猴王　紫鵑

我是你父你祖你神
吃香蕉會吐香蕉皮
一串像人類一樣爬行的隱喻

盪著鞦韆來　墨韻

1.
自有巢氏處來伸手成鞦韆
跳脫自己愛上拋物線
世界被甩出框架外

2.
樹連樹山連山
季節更換跑道
結尾圈出無數傳奇

3.
險些毛孔在呼吸中顛倒
欲自八風吹亂裏禪定
欲映照菩提清涼月

4.
當思考不再犀利
乃感受大海動盪
秋色正找尋天宇寬闊

5.
現在過去
緊握黑色風暴中一根常春藤
互為鏡子月色與霜雪

6.
呼天地間光影暫駐
夢的懸崖永恆的意象
日出日落裏一份初衷躍動

公雞　向明

不鳴則已、一吼便催生出
一個火辣的太陽
富麗絕對不亞於詩三百篇

導盲犬　李桂媚

每一枚紅色背心的
腳印　都是
黑夜過後的眼睛

犬　姚時晴

影子繫著自己去散步，月亮是拉長或圓扁的星星
沒有人知道，繫著鏈子的另一頭
走著走著，月光下也漸漸稀釋了自己的影子

寫詩的豬手　孟樊

我這豬寫了四本詩集的手
一點都不閒。
你別再說我豬頭豬腦了！

【卷四】

詩家詩作

寂寞局勢
——下午茶隨筆

開始繁殖的下午茶渲染成
高貴的休閒　　其實
那是孤寂靈魂悄悅的凝聚
咖啡與釅茶無法沉澱裊裊的唏噓
切片的傷慟如塊塊方正的餅乾
入口香脆卻淹沒在無法消化的腸胃

呷啜剔澈的果汁搖攪透明的話題
統獨黑金整形外遇
都是無法曝曬的交易
自助式點心最易揣測貪婪的窘態
總希冀盛宴湯盤甜膩的幸福
一雙手採摘竟是熱煮心事的沸點

隨著夕陽打烊
體面的浮誇閒始清散
回家沒有是那張
爬涵欲望的單人床
或兩個從心相疊的枕頭

二〇〇七年秊方明詩於海寧華實樓

洛夫

書法——洛夫

寂寞局勢　　■方明

——下午茶隨筆

開始繁殖的下午茶渲染成
高貴的休閒　　其實
那是孤寂靈魂悄悅的凝聚
咖啡與釅茶無法沉澱裊裊的唏噓
切片的傷慟如塊塊方正的餅乾
入口香脆卻淹沒在無法消化的腸胃

呷啜剔澈的果汁搖攪透明的話題
統獨黑金整形外遇
都是無法曝曬的交易
自助式點心最易揣測貪婪的窘態

總希冀盛夾滿盤甜膩的幸福
一路隨手採擷竟是煮熟心事的沸點

隨著夕陽打烊
體面的俘虜開始潰散
回家後仍是那張爬滿慾望的單人床
或兩個從不相疊的枕頭

漬山櫻桃　　■姚時晴

我渴望進入泥土
進入潮濕溫暖的泥土
蜷縮愛的睡姿，醃漬日子
春天哺乳一座山
讓山櫻長滿緋紅色智齒
吸吮風的乳房，輕咬你的肩膀
滿山遍野都生了嗷嗷的孩子

雲也蕚鐘狀，開五瓣，撐開香味撲鼻的傘
傘下，你的睡姿有糖釀的果實，夢很甜，影子很長很長

藍雀　■姚時晴

我喜歡詩
但厭倦成為詩人
我喜歡大海
但無法變成海豚
我喜歡風
但難以掌握春日
野櫻的花開花落
我喜歡你
但不想成為你的愛人

讓全部的壞念頭都在詩裡變乖
全部的愛稀釋雲杉的薄霧
雙腳踩在森林的肩膀
試探山的重量
用薄薄的愛，覆蓋
停駐針葉林尖端的羽毛
取暖

感恩　　■向明

我沒被他們戲弄
像用一根長髮綁住雙翅
困死一隻很想飛的蜻蜓

我沒被他們看扁
如一本厚書只看了兩頁
便被譏還不如一張白紙

我沒被他們嫌棄
就只因為行動已經緩慢
沒被形容成龜速又無能

我沒被他們幹掉
衝鋒陷陣不會名列前茅
只能下來當留守的班兵

我沒被他們除名
雖然頑固卻不爛污打混
仍然保有我的稱謂名姓

2015/10/25

解離與不相遇的象和像

——王宗仁《象與像的臨界》讀後

■王厚森

0.
撤走那些幕
劇落之後

1.
請勿撒嬌
天空遠離那些血色
宿命豢養的蛇未曾眷戀於
蕭瑟笛音的
虛張聲勢

翅膀總想像翅膀
堅持用手穿越
抓取那些皮相底下生的原汁
散落髮際中許多假設
眼淚重生

2.
破繭後伸出粉紅舌頭
聽診器貪婪地吻滿
滿地徘徊因愛而微醺的落葉
兀自張揚著嘴角
遊蕩嬉戲

五彩軟弱傾斜著心房

曲折巷弄裡只剩汗水
哭不出的雜亂髮絲佔據細微
凌亂吹噓是我們慣習
慾望的肉體

3.
夜色流動搜尋
記憶飄盪
最後神秘的果實裡
標本可能是一束飄然托起
無聲遠離的陽光

冬眠的姿態飄起雪
倒吊的蝙蝠老早
佔滿浪濤真正的棲息所
逼近那些惡獸
確實過短的短刀
喘息將蔓延想像發亮的枝枒

4.
無條件捨去
夢裡過重的撲滿
扭捏褪下睡衣終究知曉
黑暗中始終
是真正光明的自己

失憶症的七月　■許水富

陽光從村子港口繞道撲射
這是七月。汗水承担熟悉的火侯
以及熟悉的潮濕。氣味和夢境
我和我的魂魄來到頹喪陰暗角落
這裡曾有過如花綻放的笑聲
隔壁老伯習慣哼著低沉乾燥詞彙
像季節被燒灼。碎裂繽紛
這是七月。焚風充滿乾澀呼吸
旱田裡剩下光禿禿的蜷縮歷史
它們不斷的摺曲又不斷的伸開
像再縫合緘默細微的對抗
久廢農耕畝田。蔓蔓草葉旋律
淹沒綿延千頃的童年行腳
這是七月。巷弄安靜像一齣失憶症
偶而犬聲。啄破一則迷離暗冥
像午後村落。隱瞞著。神話故事
走出童年留下身世想像的虛實置換
老伯母已不再有的叮叮噹噹背影
那年。我生命理論交響著離和獨詠
這是七月。點燈的母親無邊無境的遠去

致 G。閒情書　　■許水富

剪下一窗繾綣暖陽
烘培我們十二月高攀的思念
那些埋伏的沸騰。爬行過的照耀
您仍然是我路過的千江冷月裡的倒影
在融雪泥濘喚醒的滴落言語
請記得回答。我們濃稠愛過的修補
像您那些不斷逃亡的荒唐胸口
等待撫拭紅塵傾斜裡的負重
持續疼痛。持續最初的孤獨
在我們細密斑駁的老去之中
只留黑暗。燭火微弱的滂沱流年
以愛為名。是誰闖越這龐大的人生風雨
迴旋於假設鋪陳的琴音織錦
踏入蠻橫豔紅的星圖。繼續閃爍
點燃春天。隱喻身後一片的巨大虛無
如同您俯身擦去的枯荷衣袖輕煙
慢慢瘦成一帖未落款的山水
陡峭步行。交換修繕的眼眸句式
以及一些些語詞。在過半的人生發聲吹滅
此刻。我們混合著進化的分泌叫喊已結束
此刻。剪下一窗繾綣暖陽。眺望必須的孤獨

諸形態　　■千朔

1. 不想一直萎靡下去
對於彎曲，她承認
是一株小草的柔軟
將泥土的味道吸得更深透

關於日子的意志
雲堅持自行凝結
從一座巨大的魚島萎縮成漂流的鰭
跛，是形態的
病，是溶解後的
魚骨繼續向前遊行

但沒有一朵浪願意被海吞食
也沒有一滴雨說自己是雲
彎曲地彎曲之後
豆子對著天，發芽了

2. 哪家的門沒有縫
只是個多風季節，億萬聲蟬鳴
因雨歸成一種說法

或許，鏡子之所以恐懼
不因為巫婆咒語
而是咒語背後有一個公主
擅長死亡魔法

所以她
不認識自己，不知時間刻度會掉落
就像靈魂不自覺掉落
她看見自己極不舒適的姿態，在大馬路上
卻不能再轉身調整一個青春側臉

3. 一再重玩的遊戲

多數時間像水生生物
在密實空間裡尋找空白
有如刷牙的白色泡沫
深藏不為人知的灰，或者黑
偶爾像一隻無頭瓢蟲
吞下了頭也躲不過舉頭三尺上
的監視錄影器

也許再密謀一次割喉島遊戲
在驚恐深處佈置飢餓
在入口蛇信上點燃出口的引信
讓每個玩家從體內的血管
以爆破姿態自慰
做頻頻出界的種子

腦震盪的精靈　　■葉雨南

苔癬的戀人住在雙魚的尾巴
散落在鱗片一旁的文件
每一份嬗遞都抖顫
護貝願望的精靈嚮往委屈
征服圖釘的野心
飄渺是唯一的捷徑

像是個無人認領的獎品
雙魚藏匿她的廢墟
不要躲在無洞的境地
尾巴戴上彗星撞擊過的戒指
每天都必須
盥洗

油性的晨曦縱向那方
欣賞妳，心碎的任期
只到今天
文件像腐爛的騙局
是不是錯過一朵烏雲？
用力地碰撞
神經輸入我的保固期
雙魚游了過去
妳不在這裡

他說他有愛滋，懷念　　■汪啟疆

——給李橋頭鎮三歲的

・我們無可避免

我們無可避免相遇
用不同遠近角度彼此觀看
這絕非關係透象與代言，認識
另一個不容解述之個體再現以新經歷
熟悉一處不滿意自己的某些欠缺
（愛絕不肯在生命內作任何捨棄……）
催問妳我各別屬於的心，我
無可避免，走動感知不同季節
火、雪、鐵器、蝴蝶、塞滿行囊
無可避免，嫩芽春風
原貌濁混，滿帶消失而又新生的記憶
槓起一大堆來生的預言。

・夜夢

風以落葉作姿勢以夜為路

以死作形塑。夜，看不見的
情貌、撕裂裹合的，輕觸大地；路
走動指趾、骨頭；活著碎了一切的一堆夢骸。

豈無覺察
睡眠的一切。肉體醒來
土地及夜另一些廣潤

靈魂以蒼鬱旋轉，屋頂風信雞以
獨腳立在最窄的尖高處。
夢覆蓋高矮姿態多樣樹木
夜立在跋涉之風裏
路在夜中撐張枝椏。

指引大海

·一隻鳥

一隻鳥完全自足，一隻鳥
羽是肉的具屬，肉夾緊骨頭的歌
年輪唱臟腑內花枝果葉
準備展開翅膀。小小心臟
以天空在蛋殼內
開始召喚，將屬你一切
該給予的先作允諾
森林完全敞開，它已經
為鳥預備、臨及
樹葉捨命擁聚奔來
一隻鳥轉動靈巧小小頭顱
出於感動的瞭解，開始給四周
以安慰、以傾訴
啄嚥一條肥美的蟲

·龍眼樹

高過屋脊，就感覺根下
泥土也被帶著升高了
對所有瓦片說

認得我嗎？一處牆腳的種子
沒有這般高度。
當我站穩了泥土
找出自己隸屬，就伸展
越過屋基、牆、窗口將自己
枝葉果實垂向瓦頂
揮動枝椏，甘心屬於
蝸牛居住、生活。

等一天公車　　■陳牧宏

一萬一千里江河
一億萬加侖瀑布
一夜暴雨
一個猶太人的淚水
一隻牡鹿
很渴的，都來到湖邊

融雪的山谷中
氣候宜人
在荒蕪的小鎮
宿醉醒來
身無分文
旁邊沒有男人

每一次注視
都是落石
激起漣漪和彩虹
被擊中
都充滿靈犀
閃電和小小的死

白雲藍天
陽光底下
一整天
百無聊賴
等待落後的果陀
和去札達爾的公車

街角三景　　■陳牧宏

四月在 Zadar

1.
藤蔓
攀進鑰匙孔
瘦瘦綠色的葉子
打開很鏽很重的門
融雪後
讓你進來
綻放變成花朵

2.
管風琴是海
太陽是老城牆
海鷗是教堂
帆船是窗戶
水手是札達爾
愛是四月

3.
每一棵樹
站在街角
枯一千年
等一個人
多元成家

在二二八和平公園裏　　■曾美玲

歷史的傷口，依然
喊痛，在受難者沉默
擁擠的名單裡
悼念牆上，重重疊疊
撐不乾的詩與思念
追思廊下，日夜徘徊
數十萬朵亡魂
比秋風淒清
比黃花消瘦的
嘆息

朝著紀念碑沉沉的召喚
腳步一步比一步搖晃
當碑文逐字還原史實
真相謙卑地反省
仰頭瞥見
四五隻白鴿的影子
自由降落，巨碑的肩膀
排練和平的序曲

2015/11/07

瑜珈課　　■楊瀅靜

她們滿懷心事
身體只能交付動作
時間是潮濕的時間是水
時間落在她們身後伺機
將她們攤開再捲走下趴再靜坐

氣盛的少女在坐墊上自由伸展
沮喪自己始終無法姿態柔軟
身邊的老婦正優雅反轉
少女汗滴小顆小顆降落髮梢前額
以及乳房暗處形成饞人的甘泉
她不知道自己此刻正備受欣羨
年輕容易沮喪但沮喪起來竟如此美麗
她拉長線條伸展自己
還要慢更慢慢到幾乎成為雕像
細微的動念讓她的傾斜滿是破綻
時鐘的指針如此遲緩
單腳站立她是搖搖欲墜的盆栽

時間對某些人是水災
那個生過兩男一女的老婦
渾身濕透幾乎沒頂
任意折疊手臂軀幹
安放自己隨時變形成容器
然後屏住呼吸貼牆倒立
她的內裡曾放進一個男人三個小孩

都在她的體內茁壯滿足得到善待
如今她把自己倒光
空空如也卻異常乾淨
像從陽台收進來的那件柔軟舊衣
攤開到底然後風味四溢
眼尾嘴角窸窣窸窣騷動
她將旋轉自己轉出一圈一圈的年輪
拍打出黃昏的潮汐

天色很快淤青
下課之後可以和同年齡的人
繼續更年期的話題
討論生機飲食的重要性
霸道的佔領空調下方
埋怨自己熱潮紅的症狀
在結束的時候感謝了彼此的能量分享
仔細查看身體像檢查某樣大型家具
比方這座人形立鐘是否如常運行
預測自己時日是否所剩無幾

時間讓她們濕透
大汗淋漓後的肉體
突然又有了動凡心的勇氣
各自散去之時就用毛巾
抹去光陰流逝的證據
只有那少女停滯原地
仍舊對瑜珈動作身不由己

你被捲入時間流逝　　■楊瀅靜

在聚會的時候
你置身事外
像牆上的鐘懸掛
卻又有著不引人注意的
雨聲喧鬧

你只是拼圖的碎片
他們要你拼出邊緣
中心的畫面其實
不關你什麼事

你還是坐在那邊
是框架的坐姿
有小雨的潮濕
仔細察覺
連手腳的細長都淡化成
指針的影子

行走卻不出軌
被釘死在牆上的鐘
和你一起坐在那邊
有時生命的孤獨
不過就是從 12 點走到 6 點
最終又得回到 12 點
無能為力不能倖免
一種重複的運行

然後你老
你圓潤成鐘面

病房即景　　■賴文誠

1.
衰弱的空調系統
接近窒息了
只有白色的窗簾
猶在呼吸著
稀薄的，陽光

2.
上吊多時
氣絕的
空點滴瓶
竟悄悄滴落了
幾滴
殘存的眼淚

3.
鼻胃管深入的
偵訊之後
不甘心受審的
氣管
傳來濃痰
最激烈的辯解

廟外一景　　■周盈秀

廟外有乞丐L
瘦得比秋天還薄
灰白色的背心與缺口碗
倚著高牆而坐
兩枚硬幣
便把行人磕成佛

L喜歡細數朝他走來的臉
都像離萼的花瓣
飄在傍晚的街燈前
L期待看見含苞或盛開
卻只留下飢餓的刺，輕刮寒風

用夜色渲染憐憫的L
從不輕易離開廟口
廟裡的經聲足以趕走寂寞
也有孩童從身邊跑過
抬腳跨進紅色的門檻
跳起來、撫摸白蘿蔔

L繼續磕頭
額頭壓死正在搬運宿命的螞蟻
螞蟻很輕、螞蟻無苦無痛
L偶爾哼歌
在接近透明的時候
他總能想起曾站在操場唱完的那首

新的一天，天外飛來點點麻雀
啄食石獅的鬃
L 撫摸比昨天更清楚的肋骨
尋找模糊的白日夢
旅行團合照時，我的鏡頭捕捉了廟外的 L
灰色背心
想用磕頭縫起天地的 L

巴黎　　■魏鵬展

這個地方不再流血多好
河水的藍色
流過歌劇院的芭蕾舞
歌女的樂聲熟透了葡萄園
摘一串葡萄
鐵塔上
喝一杯紅酒
石橋上靜聽歷史的馬蹄聲
這個地方不再流血多好
平滑的玻璃
我不敢凝視破裂的血漬

2015/11/22 夜 107

是否？確信了我有果敢的學問 ■陳威宏

我敲擊自身數載而不斷
鐘響，等待，無人出聲應和

蒼茫大霧中，僅有歲月的謙遜
拱手為我隆隆地回音：夜的信仰
以月暈散開群聚的烏鴉
塵煙冉冉，亂中有序，我起飛

那飛，沉默的歌詩，最深刻
的一次前進，因此成為了
時光的告誡
不同行列的發言

以眼凝視直到核心爆裂
航道萬里無雲，如玻如璃如薄鏡
光華映世更無內的自己
晨光初乍，孤傲的平衡湧現
是否？確信了我有果敢的學問

山群　　■謝旭昇

夜晚的山群間永恆在那裏
凝視山群之人
有著比夜晚更深的眼睛
雨降下來就和天空一起流淚
一起裸裎在草邊
一起低低聞起昨日的氣味
所有的昨日都包容著它的昨日
輕輕轉身
後方樹頭上的蟬已死去多年
像從未死過
搭上前往家鄉的列車
務必留心回程的霧靄
麥田裏的伙子必然在任何可能的時刻
緩緩站起身來
再一次地不說下一次地道別
在那晚過後
在那晚和那晚過後
我還是想在山群間看看海
看看日出和日落
看看我們

岩浪　　■謝旭昇

驀然想起
幾個月後或許我會回家
回到那裏，一些人在黃昏底下
收麥子去了的地方。我感覺
再見到你，好像
你就在清晰的海上，讓雨
只在你背後下著、再下著，
所以，謝謝你，我這裏還是乾燥
有零星的草葉，有挺拔的泥岩——
我想約你去岩浪起伏的惡地形
躺著，什麼也不做或者
什麼都做，只是死去
是真的可以死去。即使
我那麼想活著，我那麼想
再走幾步路，再把日子從昨日——越過
今日——搬到明日，再送走更多
去黃昏底下收麥子的人，再把自己
也送去，為了不讓他們太累。即使，我那麼想
再見到你。我想約你去岩浪起伏的惡地形——
有零星的草葉，有挺拔的泥岩，
有背後的雨，雨落在海上
像我們躺著，什麼也不做或者
什麼都做，只是死去，
是真的可以這樣死去。

樂園　■林焺勛

用自己的夢
建築一個牢籠
困住你。

讓時間死去
裁剪成想要的床單
子彈或吻
輕易
發生，但痛
被輕輕寫過

像習字本那樣練習
以圖樣
複製那下滑的斜坡
下滑的自己追趕著快樂
直到下滑
盡頭。我們再也⋯⋯

成為了一個凹陷
幸好，牢籠依舊透明堅硬
例如鍛鍊過的意志
那夢石化了自己
成為唯一成年的看守人

想像的紀念日　　　■林焗勛

看著窗外的安靜
刀叉共鳴磁性的聲音
輕易流逝醬汁
把握短暫的乾旱
攪勻，沾染自己的記事
明天又是日常的開端
所有日常都是正常的一部分
意外也是
紀念日的輝煌

記憶摸索魔術箱
試圖避開那隻兔子
最粉紅的存在
關於誕生
都是充滿泥濘的開場白
那時都還陌生
而今日依舊陌生
只是熟悉於休假
那曝曬進窗暖暖的
溫度

短詩壹束　　■叢棣

湖畔

此刻，我枯坐水邊的模樣
很像多年後的壹位老人
暮色模糊了壹些無謂的邊緣
我在偷換概念：想著還是
在秋天，長髮遮住了眼簾
湖水退縮到壹首詩中
深藍色的標題，或段落
推測誰忽然黯淡的雙眼
而我正被壹種錯覺捆綁在長椅上
開始是等壹個人，後來是等壹陣風
到最後只想等到風停……

下壹個

排著長隊。我是即將念到的
號碼，是堵塞在自己胸口的壹團抹布
也是上面的油汙
或是剛剛蜷起的指頭，又逐壹
鬆開；我沒有名字
只聽從內心冰冷的召喚
——下壹個

我是下壹個回音
是應聲倒塌的圍牆

也是從此沒有遮攔的陽光
熔化了自己

我是我帶走的海水
我是我留下的鹽晶

形容

我壹生都在找尋
壹個形容詞
並迷信於它的無所不能
和恰到好處
世界，因此而紛繁起來

我壹生都在質疑
壹個形容詞
困惑於它自身的歧義
和那遍尋不到的癢處
世界，因此又雕敝如初

除此，我什麼都沒幹
包括搬起壹塊石頭
砸自己的腳

待續

在兩個瑟縮的音符之間
還有兩只杯子，相敬如賓
還有兩把椅子，相依為命
壹男壹女仿佛壹本書的最後兩頁
——粘連在壹起
他們的靈魂。渴望著
在下壹節細雨中
相遇……

荒　　■劉康威

如果蔽敗是好的
寂寞是好的
那些的
心中的繁華是好的
迂迴隱晦的回憶也是好的

綠
是好的
不綠也是好的
盛開是好的
乾槁也是好的
花花草草木木是好的
頹圮的牆也是好的

沒有不好的
沉浸於好的好的好的
也是不好的不好的不好的
沒有什麼是好的也沒有什麼是不好的
就讓他封存不要拆開
就讓他好好的遺忘
荒廢的美好

空村　　■馬東旭

我敬拜。
向著廣闊的豫東平原。
神呢？在廢墟上移來移去，草蟲亂鳴。他該如何守住本土的香火、鮮花、梵唄與金頂。神在申家溝，閉上了眼睛。
也沒有用。
神在申家溝舉起了雙手，也沒有用。
神在申家溝泣不成聲，也沒有用。
村莊只剩下三五個老嫗：耳聾的、眼瞎的、腿跛的，在這絕望的世界裏，活著。神穿過她們，像穿過一片衰朽的密林，喧嚷如謎。

河流　　■馬東旭

在最小的申家溝，我們擁有遼闊的平原。
擁有草木吹著草木。
如同悲傷吹著悲傷，傾斜於風中。
一隻烏鵲在青崗寺的尖頂佇立，靜靜俯視──村落如洋蔥：霧一層，泥濘一層，色界與無色界各一層，一層裏一層。
那個在虛無之處行走的人。
忘記了整個世界。
她空茫的眼圈內，落葉四散。五月的黑麥子與草棚，浸泡為一。
這條捉摸不定的河流，對著她，有時開裂，有時澎湃。

詩・祕笈　　■林姿伶

天菜種在哪裡?
鍋子急了
確認葵花長在寶典的園裡嗎?
如果雨不想多事
葉子也渴
望水星能喬裝幾行詩雨

耳根清・淨　　■林姿伶

吃掉刺槐叢生的聲紋
把鰓吐出

實習生　　■林姿伶

我們在靜
好的歲月裡美術
蘸上彩虹

百萬以上的我們　　■尹玲

我們總以為地球很大
　　　　　世界很寬
總有某一角落可以接納我們
或讓我們棲息

只是四年多來從春到夏從夏到冬
土地海洋泥濘死神
一次又一次一層又一層
讓我們重複陷入

可憐的我們無法
改變難民的身份
難民的命運早已注定
冰天雪地的天下
百萬以上的難民
何處是我們可以避開死神之手的縫隙

鄉在何處？家在何方？告訴我吧！
命運的神啊　百萬以上的我們
能否給我們一小塊可躺下來的空隙？
一小塊暖被　一小塊糧食
即使之後永遠都要存活在流浪的空間裡？
即使之後仍只能存活在淒清的流浪天地裡？

當愛就是我們所有　　■尹玲

當只有愛是我們所有
當我只能為你帶來你愛的白色鮮花一朵
　　　　　帶來你愛的白色蠟燭一支
當愛就是我們所有
請安息吧　親愛的
那夜的恐懼請永遠拋棄

是啊　如何拋棄
那夜的絕頂恐怖如何拋棄
是啊　　那夜
令人著迷的玩命搖滾樂竟挑起
變調的致命 AK-47 瘋狂奏曲
上百人竟無來得及分辨體會的分秒
那場一千五百人的演奏竟已沉入
噴湧不停的鮮血裡
Bataclan 的典雅精緻被迫染上
永遠無法消抹的駭人記憶

的確呀！如何消抹如何拋棄
當駭人畫面如電烙入全球的腦海
黑色長夜的每一秒驚恐都已
烙入每一心靈鐫刻成永恆
我如何還要殘忍地請你拋棄請你忘去？

親愛的　　當愛是我們所有
　　　　請只記住前半的搖滾

　　　　請只記住你我之間的快樂默契
其他的　　就讓它隨風逝去

當愛就是我們所有
親愛的　芬芳花朵的新鮮
　　　　閃爍燭光的夢幻
會陪伴我們存活在我們的愛裡

讓恐懼流向他處
請只記住我們的愛
當愛是我們所有
愛即是我們的世界

狩獵季　　■黃柏源

宇宙召喚微弱卻清晰的
胎音。流動的景色與人影，
在低鳴的涼風裡縐折成波光粼粼。
狩獵的季節，槍響勾結著
蛛網般的銀河──
　　憤怒而暴烈的，都投入銀河
　　漂流而下的就只剩蘆葦與平和的詩歌了。

平和的詩歌有遠古的曲調，
蒼綠的笛聲，新生的蕨類與動物的
皮毛。皮毛乖順站立，向著穿透蛛網的

涼風行禮致意。遠古的使者來臨，駝負
上個季節的陣雨，零零落落。零零落落
踩著舞步與凝視。舊日的歷史寫不下
陌生的口號與神聖的使命，言語
凍結成霜，在第一道晨光前，渴慕的
溪水旁，壞毀的路徑有狩獵的足跡，
隨鹿角滾落的新月月光。

屏氣吧，渾沌正鼓瑟吹笙，
巨雷擊破有秩序的花窗玻璃。
屏氣吧，偽裝死亡，暫向宇宙
商借集合的勇氣，躍入
粉碎的顆粒光塵裡漂浮。
所有的星星祈禱自己
蒼白無用。祈禱引力失效，
時間逆行。祈禱銀河
氾濫，吞噬憤怒而暴烈的；
而我們終能在下游
披上乖順的皮毛與背影，收成
脆弱的蘆葦與和平的詩歌。

等待戰亂過去，宇宙歇息。
等待蝴蝶斂翅停棲。

我們是不能完整了　　■嚴忠政

愛都愛累了
誰來決定牆的方向

終於找到有一個容器
讓我可以裝死。
像是努力躲起來
文法不對的行李以及
一整條山路都能拉進屋內
而白雲，在拆成五百塊拼圖之後
也回不去了。因為
我來不及自白
而你是太重的鐵

一杯咖啡的時間有多長
■薑朵

喝一杯咖啡的時候，
時間就死去。

你無法復活
正如最後一口褐色，無法
還原。

回收紙　　■蕓朵

廢紙囂張
張大了嘴吃灰塵

一隻蠹蟲在悠閒的午後吃二十五史

淡日子　　■蕓朵

早晨睡起，為茶花噴上清清的水
昨天那些白天夜裏做的夢話過的事
都滴落地面
淡淡的日子，淡淡地過

天空有些陰
但餐桌上燭光溫暖的紅茶
微微照亮一下午的書和一個我

就是這樣
抬頭
淡淡地
風，清輕，清輕
吹起窗簾，又
放下

西貢堤岸街道　妳走過　　■劉保安

——給尹玲

想起昨日　昨日就在眼前
步履沉重惆悵和哀傷
詩　不能填補心事
凌亂的空白

堤岸剛剛醒來
習慣地從橫街切入
戒掉陽光的雁已變換
另一形式自囚
法蘭西浪漫也溶入了時間
數百貼刻骨柔情　最好
編纂成記憶再璀璨
人間四月天　趕在
記憶未及衰退之前

西貢已非昔日情懷
滄桑一再滄桑
無移心中的紅頂小屋
問病的美拖冰咖啡的風館[1]
真誠的柳營　還有
日記未披露的蒼涼無奈
月簾收割的盈尺相思　已稀釋
成霧成煙

昨日是上世紀的往事了
回去吧　撿拾遍地寂寞回去
好好珍藏
緊鎖

2015/10/10

---

[1] 風館，咖啡座

白鴿 ■荒木

—— 致詩人尹玲

那無關乎歲月的　髮
曾飄長似河
於夜中靜躺成這城市
唯一的燦爛
如花
清早醒來
褪落一地黑色羽根
自此妳開始頂著
大半輩子的
和平，如一隻白鴿

總是要飛的
追逐因花兒綻放而驚醒的夢
無奈行李總在腦中
趁午夜揭開
禁忌而沉重的箱蓋
重演自由以外的
記憶
於是妳只能迫降
每一個有河水淌過心臟
離天空不遠的落腳處

而妳總不明白
那兒究竟是歸處，抑或客地
正如故事開端的自我介紹
終究是難解的謎
於是妳用越南話問候
用中文朗讀
用廣東話閒嗑牙
再用法文道別
也許妳點了個小籠包
手上仍留著勃根地的香氣
敘述臘味飯的身世
腦海卻不禁想起
木瓜絲的青澀
如昔日穿著奧黛的自己

驀然發現
凡源自於舌上的
盡是鄉愁

【卷五】

吹鼓吹論壇精選

2015 年 9 月~12 月

認領　　■葉子鳥

你與人簇擁在行李轉盤前
等待被認領

行李認不出你的面目
每一個人都帶著之前旅行國度的裝束
夾腳拖、短褲、T恤、太陽眼鏡……
有沙灘的氣味、有啤酒的氣味、有被SPA椰子油的氣味……
有釣魚的記憶、有拖曳傘的記憶、有坐香蕉船的記憶……
每一個人都從旅行團的輸送帶被輸出

最終，因為你偷渡了一條水蛇的脊骨
在口袋裡不安地竄著
而被認出

或者說——
真正的旅行才要開始……

【雪硯賞評】

　　「真正的旅行才要開始……」，這是提醒，也是訓誡；一個充滿寓言的哲思，被悄然編碼，在一首詩的雲端，語言與文字的交界處。我想到洛夫的一句話：「一個被內容感動的讀者和一位被語言感動的讀者，是不同層次的。」是的，這是兩種不同的自我認領，葉子鳥說：「真正的旅行才要開始……」，她要認領迷失在裝束、氣味、記憶等「從旅行團的輸送帶被輸出」的「行李」，循著詩的語言，往內在更深處，一路無悔。她是一位被語言感動的讀者。

氣泡飲料　　■嚴毅昇（狼尾草）

我知道所有白淨需要時間虛度
並將鮮艷視為漸朽的光譜
像泡泡中一時的顏色
只是瞳孔溺愛的劫取
在陽光下
逐漸消散至無物

眼中的彼此隔著一層
催眠氣體
讓心有資格誤讀
（如果，剛好
　這次擺上的杯子也是透光物）

忘了光與熱
我的哭喪靠這杯
可以倒入八分滿
於破散之間
讓影子也喝得到溫度
用失衡的感官
自愚，娛人

即使我嚮往海洋
氣勢磅礴的寧靜
天空任風雨亂竄的寬廣
刺激肚腹中的一切
仍像暗潮流過

必先激起詰問的舌頭
追崇用甜美話語歸於平靜的人
對敬愛其他味道的人士
表示抗議

那些在年少背誦化學式到麻痺時
早已投誠至混合物的好舌頭
決定單純已不是最無二的美好
繼續透明著寂寥
搖搖晃晃，我以為一瓶足以
滿溢情緒出走框限的條件
一杯不足以倒完的胃口

那些生存的哲學，多辯也無意義
存在，只是一飲未盡的虛幻
偶爾須要最盛讚的廣告
包裝它的無聊
讓世人以為快樂可以當水喝

雪碧、芬達、百世
七喜、可樂、沙士
碰撞無言之歌
有些人的耳朵是礁岸
聽了浪潮會痛
別假裝自己很辣、很辣
再問我那感覺有料無料
有些自認為好的
世界早說不適合我們
最腸的敏感

【清歡賞評】

　　這首詩的語言可圈可點，隨性，帥氣，看似簡白的文字，卻能引申出奇妙的意蘊，閱讀的快感從眼睛到舌頭，似乎氣泡飲料我也喝到了。

濕不了　　■嚴毅昇（狼尾草）

看見雨互相沾濕
看見雨一起消失
看見它們擁抱的方式
比情侶還要黏膩
還要一起
絕對的
老成一灘
歲月滴完的樣子

【雪硯賞評】

　　我們經常在思想上、文化上、地域現實或國族歷史之間，提到認同與焦慮的問題，誠然，互相認同、化 解焦慮成為一種安定的必要或課題。本詩作者狼尾草在八行的短詩中，以其先見之明，就認同焦慮化悲天憫人為一透明、堅絕而動人的真摯情懷。作者透過擬人的動作，將雨具化為一種生生不息的情志，情感與 思維的律動，讓人有意無意感受，歲月流逝就像雨水滴淌的樣子，綿綿不絕。認同焦慮的問題至此迎刃而解，詩題「濕不了」，其實就是失不了，題意簡明令人莞爾。

無恙　■喵球

今天又暗自
練習發光
玩卡坦島
說書人
也試著自己 UNO
自體發電
然後看到月暈
知道了水氣

我畏光夜行
假裝也有白天
遇見新的人
新的好事
乾淨的水
流過陳舊的管線
可以相信水
別相信管線
相信風
別相信窗

風撞在有窗的牆上
房裡的你
便覺得涼
就不用非要與你住同一個城市
即便洗好了澡
到你那

也還是髒了
遠離你愛的店家
把日光留在那

【葉子鳥賞評】

　　乍看此詩會以為跟「無恙」無關，但，其實通篇都在說「自立自強」。自娛、自體發電、自我醒悟、自我解讀……，但就是畏光與不相信光。

　　深具當代的反諷與冷笑話性格，這樣的風格，其實喵球很早就建立了，只不過現在也蔚為部分年輕人的風潮了。

之後　　■米米

或許我們把受潮的書頁
放在城垣上方的風口
等待墨漬由黑變藍
凹陷下去的文字才能被月光填滿
學習貓一樣酣睡到天明
無視皮毛被歲月誤點成鏽漬斑斑的一層盾
我們穿過無數的街頭和巷弄
偶然膽大包天地對木棍翹起本質柔軟的尾巴
貓步一樣移入月的自轉裏
垂釣十字路口上方的橫匾直額
而方向
「也不過是一種指示性的霧。」

【雪硯賞評】

　　「之後」一詩的末尾,「十字路口」給出的「方向」被斬釘截鐵的視爲「指示性的霧」,證明作者米米在走向全新的詩學理則時,遇見一種文化激變中產生的觀世哲學,如一場不由分說的急時雨,帶領米米涉入內括於文本的詞語顛連與意義延宕的無窮辯證。「十字路口」給出的必然是「方向」,一個不可違逆的時空範疇與自我覺醒,米米明白的說:

　　也不過是一種指示性的霧。

　　整個句子帶著引號,就像從天而降的神諭,充滿絕決的辯證意味;事實上,在這個「指示性的霧」的背後,可以想像,一個新的旅程,從不可知的地方隆隆而來,本詩題目之被稱做「之後」,一個被預約的敘事場域,正暗合時空與生存並聯的祕密消長及思想動盪的蹤跡,非三言兩語所能道盡。而在美學的現場,米米把「我們」在「文字」受創時衍生的與文本依循的關係,因某個情節(論述)或觀點差異相對而來的衝突,祭出某種即將不在的、斷滅的或零散的文字意義,在審美距離中體現文本被「解構」的不得不的可能也許。

　　詩的第一至四行這裡,米米提到了「受潮的書頁」與「凹陷下去的文字」。很明顯,她要以「就要被顛覆的文字意義」浮出文本,「等待墨漬由黑變藍/凹陷下去的文字才能被月光填滿」,意象上,這拓開的詩性空間是意義被顛覆後再翻轉出新的文字,「才能被月光填滿」,米米留下了一次生動的比喻,與讀者的審美參予,有了強烈對話。「受潮的書頁」是一個暗示,指涉「解構」充斥一個時代,文本不再的意義留痕。

　　在詩的第七至十行,面對時代鋪天蓋地的變景,「我們穿過無數的街頭和巷弄」,「貓步一樣移入月的自轉裏」,然後在「十字路

口」遇到「瓶頸」;「我們穿過無數的街頭和巷弄」的「我們」,是如約而來的文本,而文本做為一種意義不斷生成、轉換的對話場域,和詞語在其中不斷被隱喻、換喻的身份隱匿,顯現的形構變動,終而留下其不穩定之中的演繹過程。質是,「解構閱讀」深入閱聽者,體現的往往是某種文化底下或世界觀之間相互衝突的語境遞嬗,即德希達戮力闡揚「文本沒有固定意義」之謂,強調「作品的終極意義是不存在的」。「垂釣十字路口上方的橫匾直額」,米米的詩人之箭一射中的,果不其然,作品的終極意義是不存在的。

最近幹的事　　■無哲

比如破腰膝
像被繃帶粘上
鏽斑躲在關節裏
潤滑劑不知何時漏掉
走路的速度不快了
比如開始厭煩照鏡子
裏面那位
頭頂嚴重沙化
面部被悄悄犁開一些小溝溝
還有新近點上去的雀眼
都不是好東西
比如飯後要用竹制撬杠
在牙齒縫隙間翻找有機物
再比如望遠處戴眼鏡
看眼前的東西要摘掉眼鏡
這些都是最近幹的事
明天還得幹一遍

【葉子鳥賞評】

　　用語不同，力道就不一樣。不同的文化用語，就會顯現出不同的語境。詩對自身老化的呈現，非常的生活化。不只明天得再幹一遍，可能會有愈來愈多「老之將至」的活兒得幹。

坐忘　　■游鍫良

縫隙
冬風吹淨牆孔
光華體面的創作

月亮打光它的心頭
有一種喜悅
忘卻被時間切割的痕跡

【雪硯賞評】

　　「坐忘」是一種不落言詮的概念，鍫良的這首詩，抓緊了某種憾人的心靈素質，那些關於禪坐的通途要鎖，透過文字語言的捏塑描繪，呈遞一個因坐而忘的切面，從容彰顯文字藝術在詩裡攝人的語言魅力，如同鍫良如此對著瞑盲的思維，構建一個屬於「忘」的情境時，在語境中迴旋、突穿、進入，然後詩成形了，帶著呼息來敲門，這時候其穿透讀者知解的力度，是如許珍貴而難能可嘉的。

一個動作反覆做　　■葉暮合

外出。關門。遲鈍的鎖芯還沒有彈出來
再開再關。直到「吧嗒」的聲響傳出
一把鎖，才從自己的世界裡醒過來

仿佛越久，感覺就越有些遲鈍和生澀
需要推敲、揣摩，找出記憶的痕跡
譬如手指呼喚門鎖時的力度，一個主人
對於一扇門託付時的信任溫度

一個動作反覆做。我總在獨自的時候
不停地想你留下的影子
讓你某次的經過，一次次重複著出現
好讓你帶著溫度，帶著永不生銹的新鮮和明亮

一個動作反覆做。我知道
我不自覺地，患了一種遲緩的應答毛病
並把它傳染給一些生活中的細節

【葉子鳥賞評】

　　「一個動作反覆做」這個昭然若示的強迫症，就為留下你的影子。這種耽溺並不導向現世的真實，而是帶著一種想像，將自己流放在無家可歸的反復動作，在詞語的世界漂泊，一次又一次的執行下，是否永恆的放逐？而此詩中的重複性，看似一種無止境的思念，其實是內在無法正視的洞，藉由此讓自己「及物」，是否有一

種意志如蘇菲‧卡爾？以觀看他人的痛苦，來減輕自己痛苦裡「及物性」的解構然後消解？

筆與紙的對話　　　■陳美

一支鉛筆對一張畫紙說

只要，妳肯坦白
還以本來的面目

我願意
就此為妳削弱一身

並為妳著上一層薄薄光影

【黃里賞評】

此篇的特別處似是在於對原應描繪上影像的畫紙說[還以本來的面目]，而[削弱一身]自然是鉛筆一生無怨無悔的付出，則畫紙的「本來的面目」又是什麼？是「一層薄薄光影」之外的什麼？聯想詩之於詩人的對應趣味，是否也像如此？則詩人的本來面目又是如何？詩無盡可能的完成，讓讀者參與了三分，也使得作品興味盎然。

木偶　　■鄒政翰

如果沒有一顆心
我給自己下了咒語
沉默地站著
停在雪裡
那船就不會有遠行

想到死
或許此刻可以
對準那面旗
把他拆下
裡頭也許還有
其他陌生的容器
沒有一顆心
我看上岸邊那隻飛鳥
他的指間
擁有比較好的羽

開始這樣的儀式
為了開始而開始
打開眼前好用的器材
灌滿可樂
擺上翅膀
蒸散壞掉的霧
到爺裡召喚
邪惡的饅頭
他膨脹

他沒有不好

我勞作　會怕痠
時常研究自己的身體
擁有一顆心

【寧靜海賞評】

　　木偶的行動完全來自於木偶師，透過提線控制木偶的肢體，使其行動栩栩如生。「一個口令，一個動作」，木偶宛如木偶師的「分身」，去進行自己想做事，這幾條提線象徵了操作者慾望，而木偶就象徵易被操縱，無法作主和做自己的人。

　　我覺得這首〈木偶〉看似水過無痕，卻別具含意，作者藏了一些想說的話，詩裡是意有所指的。「木遇」在這首詩裡可做兩個面向的來看：一是，無法思想，失去自主能力的人；二是，不願改變，淪為自甘墮落的人。政翰所寫的〈木偶〉應是傾向於第二個面向比較多。

　　詩直接以第一人稱進入，從自己的身心出現疲態作發想，像受到咒語被限制了行動能力一般（無奈或無力感）。接下來，暫時跳開「我」，將詩裡的主角「問題」轉嫁給那些疏於思考，到習以為常，終於成為一種惰性的人。影射了只會口說羨慕他人好，行事毫無主見，在自忖不想遭遇挫折，所以遲遲不願意或不肯思考如何付諸行動，總是希望透過別人預先替自己「舖路」，甚至提供期待的「答案」，才肯動作的人。

　　不靈活或不會做的人，只要有心改變，力求振作，即便是天生的駑鈍，透過努力，必然還有補救的機會。相對的，屬於那種別人拉一下才肯動一下，凡事依賴的「懶人」，只會讓協助者的心態出現倦意，感覺自己正在被對方疲勞轟炸。

　　詩題「木偶」已有「沒有一顆心」的意象，而內文中在第一節

和第二節都提及「沒有一顆心」，讀起來似乎有些贅述，不過第四節裡以「擁有一顆心」結尾，有「重生」的轉變，和「更新」的進取含意。

　　沒魂的木偶人，沒體的稻草人，指涉人有怠忽、懶惰的通病。詩裡說的「儀式」與「好用的器材」是自我學習所使用「搜尋工具」的意象。詩的最後又轉回己身「我」，藉此同時反映一個常見的病態現象，點出學習須要主動，也必須主動，帶有嘲諷，隱含自我警惕的用意。

　　以「木偶」為題材的書寫其實很普遍，這首〈木偶〉在隱喻嘲諷之外，引出人真正需要的是自我檢討的反思行動。法上或許還不夠出奇新穎，文字的表達有些不足或刻意著墨之處，整體來說不流於通俗，瑕不掩瑜了。

文生修道院　　■肖水

大運河。大運河，如一條拉鍊，空落的觀看者始終都在
景物的外面。運煤船已駛離橋洞，他們順勢走到了樟樹林裡的
舊修道院門口。維修工舉起長長的刷子，牆上那些樹的陰影，
一遍一遍被塗抹，又一遍一遍，像很快就能被解救出來。

【周忍星賞評】

　　詩人全詩以悠緩的文字和調性，營造一種平和沉靜的境界，試圖邀請讀者和他一起好好思索，吳剛伐桂、徒勞無功，循環反覆的憂鬱美學。

渤海故事集：末日物候　　■肖水

那時候我們一家住在庫區，父親是附近林場的伐木工，
母親經營著小雜貨店，她經常要去縣城進貨，有時候回來晚了，
渡船開到湖心，會停掉馬達，靜靜飄著。岸邊漫山遍野都是白鷺，
被淹沒的民居偶爾從水底露出來，上面掛滿了濕滑的水草。

2015/12/03

【黃里賞評】

就語言以詩特性交織「故事」必要情節和詩意的隱匿暗示，文
字部分各約五分。尤其以「渡船開到湖心，會停掉馬達，靜靜飄
著。」，典型的小說詩技巧，道出了內心極為深沉與震盪的實情，
而凸顯內心深刻的知覺感受，應是故事詩的目的與訴求。

喚獸　　■簡玲

傍晚，坐在城市花園，不知名的鳥飛來，攫走我一隻眼。我緊握那
根遺落花間的白色毛髮，往森林出走。在植被的草坡，遇見十八歲
時豢養的獨角獸，我的眼球就鑲在他的犄角，我把白色毛髮插在他
眉睫，他深藍的眼晶亮如昔，他問我這些年來傾聽自己的眼睛嗎？
長日塵沙不息，黑夜不斷抽搐矇蔽雙眼，況且，我又長出了另一支
角，不再孤獨。

我喚獸，楚河漢界，回不去了，給我原來的樣貌。憂傷的獸，用銳
利的螺旋角穿破自己，挖出我的眼睛，血玷污眉睫，遁入夜幕。

從此，我懼光，視力逐漸衰退，黑影幢幢的森林，幻獸。

【王羅蜜多賞評】

　　隨著白色毛髮，遇見十八歲時豢養的獨角獸。回顧的時空有陰暗憂傷，亦有新的憧憬。真實與幻像交錯，引人入勝。覺得「楚河漢界」這成語簡捷，但有點突兀。夏宇有一首〈我和我的獨角獸〉，是否關作者的靈感，不得而知。但與這幻獸，各異其趣。

詩凍　　■簡玲

你的詩，甜美嗎？

我的詩是個孽子，兩山狹窄的谷地夢遊，坍陷在浮冰的南極海域，有時不甘墜落，紛飛成散文或小說，凌亂世界。是的，你該懲罰他。

急速冷凍，零下三十五度的抗凍蛋白，凍結鮮度及口感，不痛，就是一場冬眠。詩，掙扎瞬間，裹著冰衣，獨自運轉。

每日，我打開冰箱，閱讀他的體態，推敲他游移的鰭以及冰晶刺穿的細胞，黑暗產道之子，背負太多塑形，我不配成為詩的母親。

凍，整個冬季，筆，開始歌唱。詩，從冰層裡復活，他知道，自己想成為什麼樣的光景。

【王羅蜜多賞評】

　　以詩論詩，對創作的自白與省視，詩凍不像果凍般甜美，但自有一番特別風味。藝文創作的風味，不止酸甜苦辣，而讀者的感受與喜好也各有不同。但重要的是，「他知道，自己想成為什麼樣的光景」。首段，從南極浮冰開始，自稱孽子，而你該懲罰他，是個轉折。這轉折似有些牽強的連接到冰箱的冷凍庫。但在 冰箱中的意象變化頗為鮮活，詩凍，在冰層裡復活，是值得慶祝的時刻。

一天一天變得更好　　　■魏安邑

他失去了眼睛
卻獲得了妻子

隔天
他的妻子失去了眼睛
妻子卻獲得了妻子

再隔天
妻子的妻子失去了眼睛
他們就這樣
一天一天變得更好
更加互相摸索
更加不認識這一屋子裡的人

失去聽覺
於是加入更多的人

失去觸覺
於是加入更多羞恥的人
他們沒有感覺地互相摸索
只有摸的動作還在
就這樣一天一天變得更好

把燈關了
將門鎖上
這樣更好
陌生的感覺越來
越在
一些更新的人們進來了

【嚴毅昇賞評】

　　他失去眼睛，因為他並不真正使用眼睛在生活，他看著妻子單純是因為慾望，並非要一起生活。妻子失去眼睛，因為她失去生活，失去她原本樂見的景象，生活不知該看向何處。她獲得妻子，妻子與妻子獲得共同的命運，不只是彼此的替代品，也是淘汰者之一，彼此不幸福。因為進入他人生活的原因，自己多少必須拋棄以前的自己，對彼此的認識不會完全，也對真實的一面陌生，自己對自己也是如此，猶如照鏡。

　　詩中說「更新的人們」，其實照舊而不新鮮，進入的人們命運相同，她們的知覺因為生活麻痺跟著麻痺，漸漸的都封閉了原始真實的自己。作者的手法特殊，層層疊疊、新舊對比、側面窺視，情節有如走向層層陷入的大宅院裏，深如迷宮難出。

失身記　　■寧靜海

1.
一支筆反覆凌遲一張稿紙
黑色的血舔過無數條街
走到自由的廣場
向守夜的貓　問路

2.
趕搭末班地鐵
疾駛的列車掉進黑洞
我要放開喉嚨大聲呼救
如果，我們還坐在同一節車廂

3.
聽到有人喊早安
轉頭，看見
清晨的掃地工　來了

【嚴毅昇賞評】

　　這一組詩，只要是有深夜趕稿經驗的文友，就能立刻讀出其中趣味，尤其我個人在求學期間，經常在火車上縱橫南北，「守夜的貓」、「末班」、「清晨掃地工」等等關於時間過渡的意象，對應「反覆凌遲」、「放開喉嚨大聲呼救／如果，我們還坐在同一節車廂」、「來了」的孤獨一個人的口吻，很精準自然的用詞。

　　以小詩來說，簡單、精準、有力道甚比擁有更多意象更加重要，可說是小詩的示範。

辨色測試　　　■洪子嵐

我必須客觀陳述我的日子。

我的襯衫都是藍的
領帶也是
衣架是綠的，當然，
芭樂也是。
我習慣浸染在橘色的燈光
比較溫暖
可我是人
所以血是紅的

我穿白色的內衣
舊得泛黃
而內褲是一塊黑布
如同夜色
用以遮掩生殖器

我喜歡彩虹
雨落時撐起雨傘
在街上，對盛開的太陽花微笑
也對鴿子微笑

如果
你以為這是一首政治詩
你可能就是色盲

畢竟，我只是在客觀陳述我的日子。

【嚴毅昇賞評】

　　不管如何，是不是色盲不重要，我們面對荒謬卻慣於自保不去改變，就是盲目生活，那我寧願當色盲。這首詩的詩形是長的，但讀起來不會冗長，反而輕快，讀起來不晦澀，很有味道。有詩人鴻鴻〈暴民之歌〉之感，蜻蜓點水，沒注意看會稀鬆平常，仔細看會發現作者，暗暗的計謀著什麼。

自罰　　　■陳又慈

築起一座站牌，讓自己等待
等著某一輛車向自己開近
等著烏雲去散，潮水氾濫
在岔路的邊緣，我拋出一隻白鴿
卻一再飛進迷宮，扣問泥封的磚
何時種下，樹上的果實快要熟爛
剖開之後，會是什麼樣的門栓？

【鄒政翰賞評】

　　整首詩的展開出於「罰站／等待」的概念，面對的無非是生命懸而未決的岔口，或者說「狀態」，我們可以在詩中看到種種困頓的跡象，前三行順利地將「等待」等同於「死亡」，或者說「刻意地無所作為」，將情境建立。白鴿確實是很好的物件，出自肢體的延伸，但這樣的自由卻是徒勞無用的，我喜歡白鴿從「磚」到「樹」兩句的轉換，這裡顯示了作者操弄句型與合理使用物件的能力，讓落下的後兩句能夠順理成章，如此，世界是封閉的，是被自己給慢慢蓋上的。

老兵　　■蔡三少

・之一

消失的戰場，考古
在幾個俺跟咱之間
饅頭是舞臺唯一化石
在年輕來時的海岸
躺成舍利子
但你們總說俺健忘
俺不多說也不想撒謊
俺知道這裡的草木魚蟲都很善良
俺俯瞰善良，故鄉
也在看俺眼裡的北方

・之二

回家的巷口
有皮鞋底板的悶響，路燈
抹壞竹籬笆的顏色
仰望的銅像，現在
都變成十塊錢的銅板
投下兩枚就可從滿清　抗日
到達台北車站
（不革命了，就不去看蔣渭水）
對了
還有最愛台的經國先生
報告總統，同志都已上岸
鮭魚還沒返鄉

【鄒政翰賞評】

　　第一首的後兩句很厲害，究竟是「故鄉看老兵」、「老兵望故鄉」、「老兵俯瞰此地想是故鄉」還是「故鄉杳已此處善良權當是故鄉」這幾個涵義疊合在一起，極耐人尋味。而這首詩方位上經營是我們可以這樣解讀的基礎，故鄉是在老兵的對面無錯，卻又和老兵一起看向北方，一般說來「望北」在這樣的詩可以作「思鄉」讀解，故北方為標的了為何「故鄉」又與老兵一同看向呢？我想這就是此詩用力所在。

無題　　█蕭然

每天在星空下自言自語
彷彿遠方有人聆聽
使用了大量點描法的城市
夾雜著難解的聲音。月亮一如蠶繭
你是我再版的靈魂，雖然
有些微幅的更動，有些不確定的因素
「美可以對象化地被我們所掌握嗎？」
我們可以尋找到一種表達方式恰當地
將我們團聚在一起嗎？像一座濕透的海
將魚，像一株芭蕉
將空想中的雪
敲山震虎的雪，低抑的雪，雪後的六月
我們滯留在時間廢棄的板塊
學一首聲調上揚的歌

亮祈！紅白藍明燈　　■冰夕
——致捍衛地球

聽見嗎？　縱使暗無天日的殮屍袋
一句句無言
沉痛，已躺入巴黎恐攻全球報導裡

悶住世人呼吸
膨脹鬼火空氣中
各膚色親人擠進醫院、警笛聲現場

卻關不住撒旦的誘惑；按殺戮領薪
洗腦，反社會青年舉槍
利誘，訓練成為炸彈客前的野獸派
結夥狼爪攻城
狂歡蹂躪女童驚恐的慘叫聲

撕裂傷的潔白床單
列出無以挽回的心靈精神失常指數

當道德之矛崩壞，海嘯似
半獸人夜襲
深深刺進，每一處陌生地的家鄉
掐喉良心
＿＿＿寧為奴役，虎吞了神的眼淚

嫁與眾生
炸疼遍地無辜鮮血字、濺飛危安，告急！

反而更堅定
愛國者團結
凝聚一幕幕喪親之苦的世界地標

從黑面紗的地球
擎起，火炬之燈　＿＿再無分國界頭條！

後記：請亮祈「內心世界的地標燈」紅、白、藍，為反
　　　恐攻的法國祈福　！

輕鬆　　　■侯馨婷（thorn）

肩膀可以放鬆些
手指可以放鬆些　　　雨落下來
包括我看你的眼神　　　簷廊輕鬆了
也可以放鬆些　　　夢走了
那些雲如果再鬆散些　　　床架輕鬆了
也許就散了　　　說完鬼故事
但我可以學習雲的　　　大家輕鬆了
不散與輕鬆
我們不見　　　相視一笑
我們就不散了　　　原來我和你
我們見了　　　可以輕鬆一些
我們就多點重量了

【卷六】

詩評論

以石頭為師

——讀《松下聽濤：蕭蕭禪詩集》

■李桂媚

　　2000 年出版的《蕭蕭·世紀詩選》，收錄詩人手稿作品〈石頭〉，彷彿早已預示著蕭蕭與石頭密不可分的連繫，不只是《情無限·思無邪》詩集收錄了〈石頭小子〉十二首，近期出版的《松下聽濤：蕭蕭禪詩集》，也有〈石頭與我〉、〈我與石頭〉、〈石頭的我〉、〈聆聽石頭〉、〈隨手把我擱在岩石上〉五首作品，詩題以「石頭」或「岩石」為名。

　　詩人對「石頭」意象的偏好，可說是他以自然為師，深入禪境的心得，比如〈石頭與我〉：

　　　　石頭張開他的耳朵
　　　　不刻意去聽風聲
　　　　不刻意去聽寂靜
　　　　不刻意聽寂靜裡的雷鳴
　　　　我讓我的雙眼微微閉緊

　　　　不刻意去聽風聲
　　　　不刻意去聽寂靜
　　　　不刻意聽寂靜裡不一定有不一定來的雷鳴

　　石頭的自在體現了禪的隨遇而安，石頭即使張開雙耳，也不會特意去傾聽周圍的聲響，然而，詩中我卻必須緊緊閉上雙眼，才能抑制自己不被外界的風吹草動所吸引。風聲與寂靜代表著響與靜，有聲與

無聲在詩作中反覆交替出現，值得注意的是，此處選用「風聲」而非「人聲」，導於於風有流動的特質，且「風聲」不只是風的聲音，還可解釋為消息、聲望等，自然界看似平凡的「風聲」，也可能是人云亦云的言論，或是推著人向前走的世俗潮流。再者，「寂靜裡的雷鳴」是慾望的隱喻，正因為心中仍有所求，才會等待「雷鳴」劃破靜默。詩作在分段時，刻意把「我讓我的雙眼微微閉緊」置於第一段的最後一行，而非第二段第一行，以此作為體會禪與否的區別。詩末，「不刻意聽寂靜裡不一定有不一定來的雷鳴」，能夠體認到「雷鳴」未必會響的道理，已是明心見性的第一步。

〈我與石頭〉同樣先寫石頭再寫我：

石頭遠離六千度C的熱度
已有數千萬年
我心中的岩漿正沸滾，找不到
那隻赤道蝴蝶，引起兩極雪崩的
一扇薄翅

此詩將「蝴蝶效應」做了轉化，赤道裡一隻小小的蝴蝶，擺動薄翅帶來的空氣振動，可能就是引發南北兩極雪崩的原因。詩人藉由「蝴蝶效應」的比擬，揭示人們常常糾結於微不足道的小事，深陷情緒風暴。反觀石頭，在板塊擠壓與岩漿流動間求生存，火山爆發的岩漿與地表上的礦物質結合，成為各種岩石，甚至是寶石。走過數千萬個年頭，當年形塑石頭的岩漿早已冷卻，但人心的岩漿一代又一代，始終沸沸揚揚，不知要隨外在事物波動到何時。

詩人筆下不只有自然界的石頭，還有雕刻為佛像的石頭，試看〈石頭的我〉一詩：

> 我不笑的時候，其實
> 也沒有什麼人敢笑
> 仍然是石頭的我定定看著繁華三千
>
> 你不來的日子，其實
> 也不用指望誰會露臉
> 經書靜靜端坐紫金蓮
> 等待手指，如五十根無端的弦

　　立如松、坐如鐘的佛像，展示著自身的莊嚴，當然沒有人敢任意嬉鬧。佛像靜靜地看著凡間花開花落、人來人往，等待有佛緣的「你」到來。「端坐紫金蓮」語出蘇東坡，形容佛陀心不隨境轉、「八風吹不動」的修為，「五十根無端的弦」則出自李商隱的「錦瑟無端五十弦」，錦瑟悲涼的樂音讓人想起過往，等待手指展讀的經書，隱喻著人總在失意時才想起神明，但佛是寬容的，祂從不會「指望誰會露臉」，日復一日，祂端坐在此，「定定看著繁華三千」。另一方面，蘇東坡曾寫過〈琴詩〉：「若言琴上有琴聲，放在匣中何不鳴？若言聲在指頭上，何不于君指上聽？」琴與手指，缺乏彼此就無法發聲，每個人都有手指，但彈奏同一把琴，就是無法演奏出一樣的樂音，因為心不同。讀經也是一樣的道理，經書本身沒有分別，能不能體悟端看心。

　　〈石頭的我〉書寫佛像，〈聆聽石頭〉則進一步描摹佛陀的面貌：

> 石頭只說一種法：
> 石頭外的瑣瑣碎碎都是廣長舌
>
> 所有的廣長舌都在萬里虛空之外
> 之外，聆聽石頭

　　相傳「廣長舌相」為佛陀妙相之一，蘇東坡曾寫道：「溪聲盡是廣長舌」，意指佛法就在生活中，傾聽潺潺流動的溪水，同樣能觀照禪。首段「石頭外的瑣瑣碎碎都是廣長舌」，正是萬物皆為我師之意，把自我縮小了，自然能獲得更深層的體悟。到了次段，所有石頭奉為學習對象的廣長舌，其實也在聆聽石頭說法，可說是達到「無我」與「物我合一」的境界，自然萬物已沒有區別。

　　詩作〈隨手把我擱在岩石上〉透過一連串的「隨手把我……」，提醒大家放下「我執」、隨遇而安：

　　　　風雨平靜的時候
　　　　隨手把我擱在
　　　　任何一顆岩石的右側就好
　　　　我會跟著青苔一起不朽

　　　　月色皎潔的夜晚
　　　　隨手把我放在
　　　　任何兩塊磚頭的隙縫間就好
　　　　我會跟灰塵一起增加生命的厚實
　　　　在你看不見的那一瞬間一起衰老

　　　　花香飄散的春日裡
　　　　隨手把我丟在
　　　　樹後也好，籬前也好
　　　　我會隨著搬遷來搬遷去的螞蟻
　　　　數算夕陽幾度西沉幾度紅

　　　　溪水輕唱的清晨
　　　　隨手把我安置在人的腳印裡

或者車的胎痕裡　都可以
我會提醒自己跳開、逃離
就像那遠去的腳步聲
　　　　遠去的車輪聲
　　　　　遠去的歲月
　　　　　　或夢

鐘聲一聲聲響起來
隨手，那裡都不賴
就是不要把我藏在心裡
比起葡萄，心那麼容易腐敗

　　詩作前四段分別呈顯出「風雨平靜的時候」、「月色皎潔的夜晚」、「花香飄散的春日裡」與「溪水輕唱的清晨」四種環境，可說是從靜謐的時刻，循序漸進到淙淙溪水聲的變化。月光是視覺的感受，花香屬於嗅覺的吸引，溪水則是聽覺的騷動，象徵著不同外境對人的誘惑。然而，不論身處在哪一個情景，唯有隨手放下「我」的執念，才能參透生命的風景。末段的鐘聲有幾分警醒的意味，再次提醒「不要把我藏在心裡」，人心比什麼都容易腐敗，想要避免陷入自我中心的侷限，就要跳脫「我」的眼光看世界。

　　詩人選擇以石頭為師，或許是想藉由石頭的多元象徵提醒大家，頑石也能點頭，遭遇生活的困頓時，不妨放下心中的大石頭、小石頭，學習用更瀟灑的姿態面對生活。

念念不忘必有迴響：

蘇紹連的詩，麥浚龍的歌

■余境熹

　　超過十年前，香港歌手麥浚龍（麥允然，英文名 Juno，1984- ）剛一出道，我便「迷」上他，那時候不少人還不懂他的好，簡單買他一張唱片，可能也會令人側目，但我相當高調，錢包裡、書本裡、文件夾裡，能放進他照片的地方都放進了。某年生日，為我殉道精神所打動的同學就用 A4 紙印出麥浚龍的海報，當作賀卡送給我。

　　麥浚龍的歌，無論新曲舊作，我都如數家珍，一女子曾連播好幾十段 Juno 歌的前奏讓我猜歌名，我隨聽隨答，熱門的冷僻的，沒有一首說錯，讓她驚訝不已，連連問我有無偷看。我其實，只偷看她的眼波。

　　時維 2015 年，在歌壇麥浚龍本年度的最震撼作，當為〈耿耿於懷〉十年後推出的續集〈念念不忘〉，由黃偉文（1969- ）填詞，一時好評不絕，特別是眾人想到十多年前人云亦云地罵過這位男歌手，至今時間證明了一切，故「懺悔」之聲尤多。我的看法是：真的，〈念念不忘〉真好，而 Juno 還有許多好作品，請大家記得隨時回顧，並期待新作。這回應自然是純印象式且缺乏修飾的──沒法子，剽悍的歌者不需要解釋，而「迷」則是用不著分析的。

　　常寫「誤讀」的我，身邊事都是比照研閱的資源，自然沒理由棄我非常熟悉的 Juno 歌曲不用吧。事實是，有時不用刻意對應，Juno 的歌也會在讀新詩時跑出來，例如翻開蕭蕭（蕭水順，1947- ）傷得我很深的〈忘記〉一詩：「太陽上昇以後 ／ 我只是努力忘記而已 ／ 忘記晨曦 ／ 忘記露水和草原 ／ 忘記幾片落葉不相屬的紋路 ／ 忘記關懷 ／／ 五

十年六十年以後 / 走過一個陌生的城鎮 / 遇到一個陌生的女子 / 我仍然會努力忘記」[1]，其難忘舊愛的主題與 Juno〈念念不忘〉完全配合——詩的主人公自言「努力忘記」，其實乃是「念念不忘」，牽掛未休，無法割捨；另外，〈念念不忘〉的那對舊愛侶分開只有十年吧，歌詞卻寫到「離去六十年仍熱燙」，這種預敘，冥冥中竟與蕭蕭〈忘記〉的「五十年六十年以後」相合，使兩個毫無關聯的文本彷彿有了彼此的影子。

但說到翻開同一詩集，而能夠不斷感覺到其文字迴響著 Juno 歌曲的，則要數閱讀蘇紹連（1949- ）《私立小詩院》[2]的經驗了。在「私用品」一輯，首先是〈禮物——給家鄉的小孩〉：

> 我沒什麼給你
> 我只用我的手牽著你
> 我的手是一件微薄的禮物
>
> 你願意接受嗎
> 小時候牽著的手
> 現在它仍然是一件好禮物

> 如果你感覺我的手之無力與枯槁
> 請你要緊緊握住

令人想起麥浚龍 2010 年〈超生培慾〉的官方 MV。MV 裡，母親照料「小時候」的男孩，輕撫他的臉龐，替他擦掉唇上的污跡，及後母親在浴室上吊自殺，男孩就「牽著」她的手，「感覺」那隻手的「無力與枯槁」，把它「緊緊握住」，不捨之情難以言表。因著這場不愉快的經歷，男孩的心理開始扭曲，到他成年之後，就不斷將年輕女性騙到家中，施以麻藥，在給她們戴上和母親一樣的戒指後，便把女子的

---

1 蕭蕭（蕭水順），《悲涼：蕭蕭小詩選》（臺北：爾雅出版社，1982），頁 140。
2 蘇紹連，《私立小詩院》（臺北：秀威資訊科技股份有限公司，2009）。

整根手臂切割下來,當作「一件好禮物」般珍藏於閣樓之上,祭獻給仍留在精神「家鄉」裡的「小孩」,即昔日的自己,以此方法「緊緊握住」記憶中的母親。當我邊播著〈超生培慾〉的 MV 邊唸著〈禮物〉,想到「我的手是一件微薄的禮物」可以按著字面理解,真的是斷手為「禮」時,蘇紹連原詩裡洋溢的溫情就被掃空,陰暗的情調彌漫,我能夠「誤讀」出一些驚心駭異的圖象來——而別有快感。

麥浚龍充滿特色的 MV,除〈超生培慾〉外,2004 年的〈非公開表演〉亦算一個,其內容又可在蘇紹連的詩裡找到共鳴。詩集《私立小詩院》中,蘇紹連的〈空椅子〉這樣寫道:

> 我一個人坐在一堆空椅子中
> 我一個人坐在一堆寂寞中
>
> 空椅子和寂寞交錯的結構
> 是詩的生活形式

而在〈非公開表演〉的 MV 中,Juno 演繹一名被單獨禁錮於精神病房內的妄想症病人,他的房間擺放著一張太空椅、一個可坐的白色箱子,而 MV 的一幕更忽然出現四張「空椅子」,這些都與「我一個人坐在一堆空椅子中 / 我一個人坐在一堆寂寞中」相吻合。在「空椅子和寂寞交錯的結構」裡,這位妄想症病人活蹦亂跳,瘋狂起舞,一時踏著滑板車,一時玩著黑色球,以各種各樣的事兒發散精力,難得的是處在狹小空間裡他仍自得其樂,「表演」得隨心所欲,享有超然的自由——其中一幕,他手執權杖,頭戴猶如皇冠的巨大帽子,坐在「椅」上,儼然個我世界的統治者、大主宰,譜出了專屬於己的「詩的生活形式」。兩相比照,〈空椅子〉和〈非公開表演〉似乎也存著某種「交錯的結構」,若「誤讀」者強說一方影響了一方,據茱莉亞‧克莉斯蒂

娃（Julia Kristeva, 1941- ）的說法，是說得過去的。[3]
　　至於詩與歌詞內容相似的，可先舉蘇紹連的〈鈕扣〉爲例：

　　　棲息在領子下的第二顆鈕扣
　　　年齡約四十歲出頭
　　　它不想再扣住歲月了
　　　它也不想在領帶與風的邀約下
　　　舞動。它只想以鬆綁的一條絲線

　　　懸掛自己在胸膛前擺盪
　　　讓自己不知在何時何地掉落而消失

　　第一節寫鈕扣鬆開，解除了一些束縛，似乎即將越軌、放縱，它
卻又對風及領帶的舞動邀約加以拒絕，獨獨一條絲線「對外開放」，即
仍是有所保留；在麥浚龍、關淑儀（1966- ）合唱，黃偉文、Verbal（1975- ）
作詞的〈鎖骨〉裡，成熟的女子在領口「解了三個鈕扣」，顯露「襯衫
裡的宇宙」後，傳出隔空的「色誘」，讓人有觸電的感覺，然而邂逅的
雙方對感情事都很有保留，只滿足於「看一眼」、「點到一個點」，甚至
表明「我不要牽你手」、「看飽了不插手」，未有任何佔有的意欲，故在
輕輕「擦過」敏感帶後便打算「撤走」。一詩一歌，重點都在「解放」
後的「保留」上。蘇紹連詩的第二節說鈕扣停在胸膛前，「擺盪」、「懸
掛」，不求進一步的行動，無所謂地，只任由「掉落」、「消失」發生，

---

[3] 「互文性」（intertextuality）理論指出原初性的文本是不存在的，認定任何文
　本都像鑲嵌畫一般，必然在生產過程中吸納並轉化先前的文本，而由於書寫
　的基礎乃是文化的累積，一個文本吸納、轉化了其他文本，有時連作者自己
　也不曾意識得到。參 Julia Kristeva, "Word, Dialogue and Novel," *Desire in*
　Language: A Semiotic Approach to Literature and Art, ed. Léon S. Roudiez, trans.
　Thomas Gora, Alice Jardine and Léon S. Roudiez（New York: Columbia UP, 1980）
　66；王光利、徐放鳴，〈互文性與比較詩學視域的融合〉，《揚州大學學報（人
　文社會科學版）》 12.3（2008）：39。

不去制止；麥浚龍的歌裡，男子一樣有所停駐，他「懸掛」目光的地方乃是性感的「鎖骨」──「愛上你迷人的鎖骨」，但要進一步地對女子「分析五官」或從頭到腳「摸通摸透」，他則直言「不必」，名副其實地是「愛你愛到肩膊就停下了」，及後二人關係無疾而終，雙方都說「記得」曾經動情便好，由得它「掉落」、「消失」，不必刻意挽留。在這裡，「懸掛」和「消失」是詩、歌共同的重點。整合地說，蘇紹連〈鈕扣〉、麥浚龍〈鎖骨〉都提到鈕扣、解放、保留、消失、年齡或想法的成熟、位置或目光的停駐，相類之處甚多，若可對照欣賞，細味每個冥契暗合的地方，實在饒富趣味。

　　復舉一例以證蘇紹連詩迴響著麥浚龍歌的訊息的話，我還可以翻出蘇氏的這首〈溫柔的外衣〉來：

> 人類的皮膚是一面牆壁
> 為了愛
> 粉刷水泥漆以後
>
> 忘了
> 牆角
> 有一撮體毛未剃淨

　　詩文述及人們努力「粉刷」皮膚，卻仍有瑕疵未遑處理，以致容易露出醜態。麥浚龍歌曲有內容與之相類的，是由他主唱、黃偉文填詞的〈濛〉。〈濛〉提到想要「除下每一滴瑕疵」的人總「無暇」做到，大概也無法做到，故身體上往往留下許多不完美處，比如「毛孔假使清楚放大了」就會令人生怕，又如五官輪廓的諸種問題，若靠得太近、觀察得太過細緻，甚至會讓人以為「看見了牛頭馬面」。這種「粉刷」後依然缺陷多多的想法，在〈濛〉、〈溫柔的外衣〉裡是相一致的。不同的地方是，〈溫柔的外衣〉似乎對掉以輕心地「忘了／牆角／有一撮體毛未剃淨」的人有所嘲諷，〈濛〉卻提倡「乾脆別看」、「盲目地愛」，

叫人不要聚焦於缺點，認爲雖有瑕玷，但「既沒看出來　何必驚怕」，說只要「靠幻想纏綿」，就必然可「捏造幸福之戀」和「找到對方比較有趣那面」，聲言「眼前若變濛　便有好夢」，甚至連平凡人「亦可輕易被神化」，明顯地傾向於寬容——〈濛〉和〈溫柔的外衣〉的雷同固然讓人有似曾相識的驚喜，而其同中有異，則通過比讀，愈發明顯，這也是深入認識二作的可循之途吧。

我曾說過「誤讀」的成果至少有「新義」、「開源」、「比照」三種，上述讀〈禮物〉屬於「新義」，〈空椅子〉屬於「開源」，〈鈕扣〉、〈溫柔的外衣〉則分別是「比照」中的「同」、「異」兩式，一次演出，套路俱全，對應的是蘇紹連《私立小詩院》「私玩物」、「私生活」、「私身體」、「私用品」、「私空間」、「私寵物」、「私食物」、「私人像」、「私領域」、「私現象」樣樣齊備——自然，《私立小詩院》還有許許多多值得研討的題目。

蕭蕭爲《私立小詩院》寫的序說：「私領域才有真性情」[4]，故我拿我私領域的興趣來「誤讀」有真性情的蘇紹連。最後一句：我真的好喜歡麥浚龍呢！

P. S. 一邊寫，一邊仍有新的念頭泉湧而出，比如說砍下手臂做禮物，我還想到荊軻（?-前 227）的故事，而 Juno 的〈鶴頂紅〉、〈瑕疵〉等作，似乎也不難發揮於「誤讀」。本文提到的〈念念不忘〉、〈鎖骨〉、〈超生培慾〉，其官方 MV 都可在 Youtube 頻道 THE OFFICIAL JUNO MAK 找到。另外，這次我大量使用超長句，是因為麥浚龍好幾首歌，如本文提到的〈濛〉、〈念念不忘〉等，都以超長句為其特色。

---

[4] 蕭蕭，〈私領域裡的詩領域〉，《私立小詩院》，頁 6。

【卷七】

詩活動

「2015 詩腸鼓吹——詩聲與詩身」
活動側記

■李桂媚

　　《愛麗絲夢遊仙境》一書中，追著兔子的愛麗絲掉進洞裡，展開一段身體時而縮小、時而變大的奇幻際遇；到了續集《鏡中奇緣》，愛麗絲穿越壁爐上的鏡子，走進與現實世界左右相反的鏡中世界，鏡中世界就像一個西洋棋棋盤，愛麗絲在棋盤上展開她的冒險。現代詩表演就像愛麗絲遇見的夢幻國度一樣，你可以看見詩從文字變成聲音，或大或小、或遠或近，也能看見詩人打破稿子與思想的框架，用身體寫詩、用律動舞詩。

　　2015 年 10 月 3 日下午，臺中市文化局、台灣詩學季刊雜誌社主辦、吹鼓吹詩論壇協辦的「2015 詩腸鼓吹——詩聲與詩身」，在台中文學館研習講堂登場，孫懋文、林焆勛、季閒、周忍星、陳昊星、王羅蜜多、王建宇、張心柔、靈歌、寧靜海、雪赫、游鍫良、葉子鳥、嚴毅昇輪番上陣，用詩變聲、用詩附身，帶領觀眾一同夢遊詩境，共度有聲有色的午後。

　　綽號「圓圓」的全方位詞曲創作人孫懋文，以療癒的嗓音為活動揭開序幕，蕭蕭〈風入松〉、蘇紹連〈影子〉、嚴忠政〈屬於太平洋〉三首詩作，經由圓圓的譜曲與自彈自唱，呈顯出活躍的畫面。「松葉隨風款擺、吟誦」的同時，詩韻也在音符中繚繞；「在黑暗和光之間。進入的就是出去」，在詩與樂之間，視覺也是聽覺，譜曲的詩篇就像一齣舞台劇，傳達動人心弦的獨白；隨著旋律的起伏，「眼前等待的彷彿就要穿透」，詩的篇幅或許不長，卻總能用最

簡短的言詞，傳達深刻的心境。巧合的是，蕭蕭、蘇紹連、嚴忠政三位詩人不約而同參與了這場盛會，他們坐在台下聆聽圓圓的演唱，一切緣份彷彿都因為詩串連起來了。

被王羅蜜多譽為「魅力型才子」的林焜勛，朗誦〈心之上，項頸之下〉與〈巧遇〉。焜勛自言，寫詩就像是一個未知的旅途，雖然不確定能走到何處，但只要懷抱著繼續的信念，就能找到前進的路。〈心之上，項頸之下〉特別情商年輕詩人嚴毅昇友情獻「身」，透過人與椅子的互動，演繹佇留或者流浪的心情。事後，不少詩友都打趣地說，下次焜勛應該請女友一起來演出。

季閒描寫 921 的〈末日紀事〉，以影片詩搭配現場朗誦的形式展演，影片甫開始即點出：「傳說從來沒停過，只是一再循環」，預示著人類對環境的破壞，終將遭遇大自然反撲。影片裡，先是雷電、土石交錯，繼有老虎銳利的眼神注視，後為悲傷吶喊，帶給觀眾超乎想像的震撼，同時引領大家反思，建立在欲望上的山林開發，是否早已超過環境的負載。

周忍星認為，詩是語言、經驗與想像鎔鑄的結晶，看似平凡的生活，經過情感的化學作用，生活語言便昇華成詩語言。〈如果，記憶在這裡〉與〈鬧鐘系列〉皆為取材自生活的作品，忍星選擇最質樸的方式演出，正因為是單純的朗誦，觀眾更能感受到詩人投注的聲情與深情。此外，擔任聯繫窗口的忍星，為當日活動製作的大簽名板，也替此次詩人集結留下有別於照片的紀錄。

緊接著，與忍星並稱「雙星」的陳昊星上場，昊星指出，詩就像變魔術一樣，是讓萬物變形的語言魔法。〈失手魔術詩〉邀請少年詩園版主施傑原魔術演出，傑原將詩句拆解為一段段的紙牌花式展演，不僅網友直呼媲美雲門舞集，蕭蕭社長也以「詩結緣」來形

容昊星與傑原的搭檔演出。家有三千金的昊星同時朗誦了〈女兒〉一詩，字裡行間滿是有女萬事足的幸福。

詩人畫家王羅蜜多朗誦〈虎頭斬〉與〈大腸鏡〉，台語口氣宛若布袋戲口白，獲得現場一致好評。這是王羅蜜多生平第一次朗誦台語詩，他邀請觀眾在朗讀〈虎頭斬〉時，一同複誦後半部詩句，共同參與這場詩演出。王羅蜜多以「詩在散步間」形容自己的詩生活，他提及，近期常常在散步時靈感湧現，在內心與環境的意識交流下，完成一首又一首的「散步詩」。值得一提的是，活動當天，王羅蜜多返回台南後，旋即收到第三屆台文戰線文學獎台語現代詩頭獎的通知，消息傳回吹鼓吹論壇，同仁們都替他感到開心。

八年級詩人王建宇朗讀〈最好〉及〈有時〉，環抱的雙手暗示著內心的不安，但他始終保持微笑。建宇自述，他一直在想詩觀是什麼，對他而言，詩觀就像視野中不斷向外偏離的座標，與其用言語來闡述自己的詩觀，他更傾向詩觀是不斷變化、無法一言以蔽之的。

吟遊詩人張心柔自彈自唱個人創作〈銀杏的願望〉、詹澈詩作〈黃昏坐在都蘭灣〉，以及詩人鴻鴻的〈我準備好了〉，清亮的歌聲溫暖每個人的心靈。心柔回憶說，她從小就喜歡音樂，就讀音樂系後反而開始迷惘困惑，於是她毅然決然選擇休學，背著吉他去流浪，在兩年流浪期間，她看見台灣這片土地動人的故事，她將這些感動寫成詩或歌，尋回自己的音樂夢。當她俏皮演繹〈我準備好了〉時，臺中市文化局局長路寒袖正好趕到現場，心柔隨即改編歌詞歡迎詩人局長蒞臨，聰慧的臨場反應連台語文詩人林沉默也說讚。

去年獲頒創世紀貢獻詩獎的靈歌，在朗讀〈思索〉與〈三者之間〉前，先和大家分享他的詩路。靈歌坦言，自己曾是詩的逃兵，

直到年紀漸長，才重新拾回對詩的熱情，為了繼續寫詩，現齡六十四歲的他，已決定六十五歲要退休，環遊世界捕捉詩的靈感。〈思索〉一詩藉由傳統市場的場景刻畫，拋出更深沉的生命課題，朗誦時，靈歌手持大聲公，穿梭在觀眾席裡，模擬菜市場吆喝的情境，放送詩句以及詩人的玄思。

寧靜海的〈演繹〉，不只是朗誦，更結合鈴鼓與身體律動來呈現，可說是一場完美的「演藝」。海姑娘以「詩準備好了，我們就開始」形容詩與詩身、詩聲的關係，她笑說，表演前因為緊張與期待難以入眠，表演後卻也興奮到睡不著，這就是詩的魔力，詩不只是讓生活更美好，那半遮半掩的靈魂更是使人深深著迷，心甘情願成為詩的使徒。

雪赫居住日本時，有一段時間都會到寺裡誦經，後來他分別用男方和女方的視角，寫下詩作〈情僧〉與〈驀然〉。表演當天，雪赫朗讀〈情僧〉，葉子鳥吟誦〈驀然〉，透過男聲及女聲的交替，展現回憶與心情的流動，帶領聽眾回到那一年的日本時光。雪赫也朗誦了地誌詩〈阿朗壹古道〉，闡述他的旅途所見以及對土地的情感。

十月份甫出版小說《最後一節車廂》的新銳詩人謝予騰，由王建宇代為朗讀詩作〈襲擊：男人與龍〉。儘管予騰的詩集擁有「請為我讀詩」、「親愛的鹿」等浪漫書名，但〈襲擊：男人與龍〉一詩顯然更多的是嘲諷，以及社會批判。第二次上場的建宇，不再像首次登台那樣緊張，或許正是予騰的文字提供了一股對抗的力量。予騰雖然不克出席，但當音控千朔播出予騰為此詩製作的影片時，大夥都讚不絕口，靈歌直呼「職業水準」，鰲良也形容其是「震撼巨作」。

游鰲良帶來〈天知道〉、〈彼此珍惜〉、〈狼尾草〉三首詩作，前

兩首是精煉的小詩，訴說著詩人的生命哲學。〈狼尾草〉看似書寫植物，其實是送給年輕詩人「狼尾草」的作品，鼓勵他在寫作的路上「衝～衝～衝～」。鰲良說，草木隨四季嬗遞，落葉是時序更迭，卻也留下美麗的身影，大家共同深植的詩樹，來年必定更茁壯。

此次活動幕後推手之一的吹鼓吹詩論壇副站長葉子鳥，為大家朗讀〈冰箱1.0〉。朗誦前她先用毛筆寫下問句，藉由筆墨在特殊布料上的逐漸淡去，揭示記憶的存在與消失，同時拋出「如果身體無法承載記憶，靈魂存在嗎」的提問。她指出，〈冰箱1.0〉試圖描繪阿茲海默症與記憶的關係，縱使「骸骨還諸大地」，一切終將被遺忘，卻無法否認過往曾經存在。

最後上場的嚴毅昇，其實就是年輕詩人「狼尾草」，小嚴感謝鰲良大哥等人在創作途中推了他一把，讓他有勇氣走到現在。擁有二分之一阿美族血統的嚴毅昇，穿上親手縫製的原住民傳統服飾，與寧靜海搭檔，載歌載舞詮釋〈攀一座靠海的山〉與〈傳說〉。這段壓軸演出成功引發共鳴，帶給觀眾深刻的感動。小嚴強調，〈傳說〉一詩運用了許多原住民意象，能夠以類似原住民歌舞的形式表演，讓他實現了推廣原住民文化的夢，謝謝強而有力的夥伴海姐陪他一同圓夢。寧靜海則說，為了呈現出最好的一面，早已數不清多少個日子，她開車時總是自言自語背誦著詩與動作，但在小嚴身上看到後浪對詩的堅持，就覺得辛苦是值得的。

統籌規劃兼主持的葉子鳥表示，本來怕時間剩太多，結果欲罷不能；本來擔心活動太單調，結果大家的演出都很精彩；本來怕摺頁印太多，結果來賓出奇踴躍。一切都是大家同心努力的成果，承蒙臺中市文化局經費挹注與出借場地，感謝忍星不辭辛苦地居中聯繫，張羅場地相關事宜；感謝千朔設計有質感的海報，還臨時幫忙趕工PPT；感謝桂媚設計排版很棒的摺頁，感謝蕭蕭老師、蘇紹連

老師的支持與鼓勵……吹鼓吹詩論壇有這麼多優秀的夥伴，相信未來能激盪出更多詩的火花！

從詩人蘇紹連 2003 年網路建置「台灣詩學・吹鼓吹詩論壇」開始，早已超過十個年頭，《吹鼓吹詩論壇》也於 2005 年 9 月起推出紙本刊物，「2015 詩腸鼓吹──詩聲與詩身」活動是吹鼓吹詩人群從平面邁向行動的推廣，詩人們一早就從南北各地趕到台中會合，齊聚台中文學館總彩排，不論是排演花絮還是正式演出，都在攝影師曼殊的巧手捕捉下，留下精彩的片段。

看到這些詩光片影，你的心是否也蠢蠢欲動？歡迎喜歡詩的你，加入台灣指標性的詩創作交流平台「台灣詩學・吹鼓吹詩論壇」，和我們一同寫詩論詩，更歡迎以詩為信仰的你，下次和我們一起變身為詩。

▲會後合影（攝影：曼殊）

刊名期號　吹鼓吹詩論壇二十四號

本期出版年月／中華民國一〇五年三月

○ 論壇創刊年月／中華民國九十四年九月

○ 發行人／鄭碧容　● 發行者／台灣詩學季刊雜誌社

○ 社　長／蕭水順　● 顧　問／封德屏

○ 社務聯絡／白靈・電話：0958-358660

○ 社務信箱／台北郵政 53-840 號信箱

○ 社務委員／丁旭輝、尹玲、方群、白靈、向明、李癸雲、李瑞騰、
李翠瑛、唐捐、渡也、陳政彥、解昆樺、楊宗翰、鄭慧如、蕭蕭、
蘇紹連

● 吹鼓吹詩論壇同仁／千朔、王羅蜜多、李桂媚、季閒、林德俊、
姚時晴、陳牧宏、莊仁傑、黃羊川、黃里、曾美玲、葉子鳥、
葉莎、寧靜海、賴文誠、靈歌（陸續增加中）

◎ 本期主編／陳政彥

◎ 本期編委／林德俊、李桂媚、羅苡芸

● 刊物寄發／解昆樺　E-mail／fung682002@gmail.com

投稿信箱 E-mail／taiwanpoetry21@gmail.com

◎ 總經銷／秀威資訊科技股份有限公司

地址／114 台北市內湖區瑞光路 76 巷 65 號 1 樓

電話／+886-2-2796-3638　傳真／+886-2-2796-1377

網站：http://www.showwe.com.tw

◎ 經　銷／正港資訊文化事業有限公司

地址／台北市大安區羅斯福路三段 333 巷 9 號 B1

電話／+886-2-2366-1376 傳真／+886-2-2363-9735

E-mail／honsan@ms37.hinet.net

○ 售價／本期新台幣 200 元

○ 訂閱／一年四期新台幣含郵 800 元・兩年四期含郵 1500 元

◎ 郵政劃撥／19786367　台灣詩學季刊雜誌社鄭碧容

◎ 行政院新聞局局版臺字第 9835 號

中華郵政北臺字第 5208 號執照登記為雜誌交寄・ISSN 1024-3933

感謝國立台灣文學館、台北市文化局贊助印行